Matthias König

From Good to Outstanding
to Outstanding

Eine Reise zur Villa am Ende der Welt

novum pro

Dieses Buch ist auch als
e-book
erhältlich.

w w w . n o v u m v e r l a g . c o m

Bibliografische Information
der Deutschen Nationalbibliothek:

Die Deutsche Nationalbibliothek
verzeichnet diese Publikation in
der Deutschen Nationalbibliografie.
Detaillierte bibliografische Daten
sind im Internet über
http://www.d-nb.de abrufbar.

Gedruckt in der Europäischen Union
auf umweltfreundlichem, chlor- und
säurefrei gebleichtem Papier.

© 2023 novum Verlag

ISBN 978-3-99131-923-8
Lektorat: PCR
Umschlagabbildungen:
Yukonwan Pumguman I Dreamstime.com,
Anja Lena Haidinger
Umschlaggestaltung, Layout & Satz:
novum Verlag
Innenabbildungen und Autorenfoto:
Anja Lena Haidinger

www.novumverlag.com

Climate neutral
Print product
ClimatePartner.com/16547-2201-1002

INHALTSVERZEICHNIS

HAFTUNGSAUSSCHLUSS

Alle Angaben in diesem Buch erfolgen ohne jegliche Gewährleistung oder Garantie seitens des Autors und des Verlags. Die Umsetzung erfolgt ausdrücklich auf eigenes Risiko. Eine Haftung des Autors sowie des Verlags und seiner Beauftragten für Personen-, Sach- und Vermögensschäden oder sonstige Schäden, die durch die Nutzung oder Nichtnutzung der Informationen oder durch die Nutzung fehlerhafter oder unvollständiger Informationen verursacht wurden, sind ausgeschlossen. Verlag und Autor übernehmen keine Haftung für die Aktualität, Richtigkeit und Vollständigkeit der Inhalte, ebenso nicht für Druckfehler. Es kann keine juristische Verantwortung sowie Haftung in irgendeiner Form für fehlerhafte Angaben und daraus entstehende Folgen von Verlag und Autor übernommen werden.

PROLOG

In diesem Buch werden wir die Geschichte von John erleben. Er ist in seinem Leben an einem Punkt angekommen, wo er denkt, dass es so nicht weitergehen kann. John ist der Spielball der Welt. Wenn er von seinem Chef kritisiert oder angeschrien wird, lässt er es einfach über sich ergehen. Verantwortung kennt John so gut wie nicht. Deswegen hat er es auch schwer und weiß nicht, wann und wo er mal abschalten sollte, um seine schon fast aufgebrauchten Ressourcen zu schonen.

John arbeitet in einem Fitnessstudio als Trainer und Studioleiter. Doch seine Tage sind lang und er fühlt sich auch oft einsam, außer an manchen Tagen. Diese sind für John besonders, weil er das Gefühl von Freiheit spürt, einfach aus dem System ausbrechen zu können. Besonders an sonnigen Tagen spürt John öfters eine frische Brise, die ihn daran erinnert, dass er irgendwo am Meer liegen könnte. Doch im nächsten Moment wird er auch schon wieder aus seinem Tagtraum herausgerissen, denn diese Brise kommt nur von der Eingangstür zum Fitnessstudio, die sich automatisch öffnet, wenn draußen eine Person vorbeigeht.

Wegen der langen Arbeitszeiten vernachlässigt John seine Familie, die ihm sehr am Herzen liegt. Er hat eine eigene Wohnung weit weg von seiner Arbeit.

Am Anfang hat ihm der Job noch richtig Spaß gemacht, doch nun ist der Punkt erreicht, wo sich eine Abneigung gegen die Arbeit aufbaut, nur wenn er daran denkt.

Bei den Frauen läuft es sowieso nicht, redet sich John immer ein. Er arbeitet den ganzen Tag, hat wenig Geld und seine Gesundheit vernachlässigt er auch. Das Thema Finanzen ist für John nicht leicht. Sein Kontostand ist fast jeden Monat am Ende, weil er sich unnötige Dinge kauft.

Also, wie man erkennen kann, führt John ein Leben, das ihm nicht wirklich gefällt.

Wie sich sein Leben aber durch ein Ereignis komplett zum Besseren verändert und welche Herausforderungen ihm auf dem Weg begegnen, werden wir bald erfahren.

EINS

Ich liege gerade am Meer, beobachte die Wellen. Ich höre Kinder Fangen spielen. Neben mir auf der Doppelliege schläft meine liebevolle Freundin. Links von der Liege steht ein Cocktailglas auf einem kleinen Tisch. Ich setze mich auf und trinke einen Schluck vom Piña Colada. Ich schmecke die Süße auf meiner Zunge und wie es mich mit einem Wohlgefühl erfüllt. Nachdem meine Freundin aufgewacht ist, nehme ich sie in den Arm. Sie ist so wunderschön mit ihren blonden Haaren, ihrem perfekten Gesicht und ihrer Brille, die wie angegossen auf ihrer Nase sitzt. Wir liegen nur da und sind im Hier und Jetzt und genießen den Augenblick. Der Wind weht angenehm auf meinem Körper, der von der prallen Sonne bestrahlt wird. Was gibt es Schöneres? Ich nehme eine Musik wahr, sie hört sich recht sonderbar an, so als würde sie mir gut bekannt vorkommen. Sie wird immer lauter und lauter, bis sich alles dreht und ich nichts mehr richtig wahrnehmen und sehen kann, meine Sinne verlassen mich.

Dann öffne ich wieder die Augen und ich liege im Bett. Als Erstes merke ich, dass mir richtig heiß ist und ich leicht am Schwitzen bin. Im nächsten Augenblick realisiere ich, dass diese Musik, die ich höre, mein Wecker ist, der gerade läutet. Ich greife nach meinem Handy und stelle den Wecker ab. Es ist 6:30 am Morgen. Ich lege mein Handy wieder zu Seite. Wie schön wäre es, jetzt hier liegen zu bleiben! Allerdings muss ich zur Arbeit ins Fitnessstudio, die hauptsächlich daraus besteht, Leute zu begrüßen und hin und wieder Abos mit neuen Kunden abzuschließen. Welcher Tag ist denn heute überhaupt? Ich greife zum Handy und sehe, dass Donnerstag ist. Immerhin nur mehr heute und morgen. Ich schaue noch, wie jeden Morgen, meine Mitteilungen durch, was ich über Nacht so alles bekommen habe. Nur eine Instagram-Benachrichtigung und ein paar E-Mails mit Werbungen von verschiedensten Firmen. Ich wische alles weg, bis auf eine Mail, bei der ich kurz hängen bleibe. Ich lese sie mir durch: *Deine Vergangenheit und Zukunft sind nicht real!* Ich starre verwirrt auf mein Handy. Was soll denn das heißen? Das war sicher nur eine Spam-Mail ohne Sinn und Bedeutung. Jetzt, allerdings, muss ich aufstehen, sonst komme ich noch zu spät zur Arbeit. Als ich mich fertig angezogen habe, schlendere ich, wie jeden Morgen zur Küche und lasse mir einen Kaffee herunter. Als ich am Tisch sitze, schweifen meine Gedanken immer zurück zu der seltsamen Mail. *Deine Vergangenheit und Zukunft sind nicht REAL!*

Das kann doch gar nicht sein. Natürlich ist meine Vergangenheit dafür verantwortlich, wer ich bin. Meine Gedanken an die Zukunft sind doch auch real. Ich träume ja davon, wo ich einmal hin möchte. Was das bedeuten könnte? Langsam löst sich der Nebel in meinem Kopf auf und mein Blick geht zur Uhr. Es ist schon kurz vor 7 Uhr, ich muss mich beeilen, da ich um 8 Uhr bei der Arbeit sein muss und ich 45 Minuten fahre. Ich nehme den Schlüssel und gehe zur Tür hinaus, bereit einen weiteren langweiligen Tag hinter mich zu bringen.

ZWEI

Ich bin jetzt bald bei meiner Arbeit. Nur mehr durch die Innenstadt. Vor mir fährt ein schwarzer Tesla, der nur so in der Sonne glänzt. Auch die Form des Autos fasziniert mich, einfach diese Kombination von den Rücklichtern und der Heckklappe! Wie viel Geld muss man hierfür verdienen, um sich so ein Auto zu leisten? Ich mit meinen 1.500 Euro im Monat bräuchte dafür jahrelang. Ich arbeite doch auch so viele Stunden am Tag und bekomme nur hin und wieder ein Dankeschön! Schön, damit kann ich mir aber auch nichts kaufen. Wie hat dieser Mensch es geschafft, so erfolgreich zu sein? Im Augenwinkel merke ich, wie die Ampel auf Rot umschaltet und mich damit wieder in die Gegenwart zurück holt.

Mir fällt ein Aufkleber auf der Rückseite des Teslas auf. *VGZ.* Was könnte das nur bedeuten? Ich versuche, mich zu erinnern, wo ich das schon mal gehört haben könnte, aber etwas Vergleichbares habe ich noch nie gesehen. Im nächsten Moment schaltet die Ampel auf Grün und ich fahre weiter.

So wie immer parke ich auf dem Parkplatz gegenüber der Eingangstür des Fitnessstudios. Ich halte meine Karte an den Türsensor, um sie zu öffnen, und gehe hinein.

Ich begrüße alle beim Hineingehen und setzte mein falsches Lächeln auf, denn im Grunde bin ich nicht froh darüber, wieder hier zu sein.

Der Vormittag vergeht ohne besondere Ereignisse. Es ist kurz vor 12 Uhr Mittag. Ich bin schon richtig froh darüber, da ich Mittagspause von 12 bis 15 Uhr habe. Ich spiele meine Pause schon in Gedanken ab. Ich werde mir einen Döner um die Ecke holen und mich danach in ein Café setzen. Das Café wo Lena arbeitet.

Fünf vor zwölf gehe ich zur Eingangstür, um sie abzusperren. Zurück am Infoschalter will ich meinen PC sperren, als ganz unerwartet eine neue E-Mail aufpoppt. Ich frage mich, ob ich mir sie überhaupt noch vor der Pause ansehen sollte, da meine Motivation so gut wie gar nicht mehr vorhanden ist. Warum muss jemand um diese Zeit eine Mail schreiben? Haben die Leute nichts Besseres zu tun! Ich reiße mich zusammen und klicke auf die Mail. Ich werde sie lesen, nehme mir aber vor, erst nach der Pause zu antworten.

Zuerst bemerke ich, was im Betreff steht. Mein Blick schweift von Wort zu Wort. Als ich die Worte in meinen Kopf zusammengesetzt habe, kann ich nicht glauben, was dort steht.

Deine Vergangenheit und deine Zukunft sind nicht REAL!

Ich starre auf die Buchstaben. Das kann nicht sein! Zuerst bekomme ich die gleiche Mail auf mein Handy und jetzt sogar über die Firmen E-Mail? Mein Kopf arbeitet, um sich das irgendwie zusammenzureimen. Dennoch weckt das auch eine Neugier in mir, was das wohl bedeuten könnte. Ich öffne also die Nachricht, um alles lesen zu können.

Deine Vergangenheit und Zukunft sind nicht REAL!
Deine Vergangenheit ist nur ein einfacher elektrischer Reiz in deinem 15 cm Gehirn, genauso wie deine Zukunft!
Du bist ein Produkt deiner Vergangenheit, das stimmt. Aber das liegt daran, dass du Erfahrungen gesammelt hast, die an dich herangetragen worden sind! Dein Kopf hat Dinge gespeichert, die dir gesagt worden sind. Genau genommen, was du kannst und was nicht!

Ich lese diese Worte und bin leicht verwirrt und neugierig zugleich. Wer hat das geschrieben? Warum an mich und an meinen Arbeitsplatz? Was soll das bedeuten?

Ich habe komplett die Zeit vergessen, es ist schon 12:05 Uhr. Ich schließe die E-Mail, sperre den PC und gehe hinaus. Ich brauche jetzt echt etwas zu essen, um besser nachdenken zu können.

Nun stehe ich vor der Eingangstür, noch immer leicht benebelt. Soll ich mit dem Auto fahren oder zu Fuß gehen? Zu Fuß bekomme ich meinen Kopf vielleicht etwas freier. Ich ziehe mein Handy aus der Tasche und starre auf den E-Mail-Ordner. Wo ist denn jetzt diese Mail hingekommen? Ich schaue alle Mails durch, die ich bekommen habe, aber sie ist nicht mehr da. Ich schaue in den Spam-Ordner, doch dort ist sie auch nicht. Langsam beginne ich, an meinem Verstand zu zweifeln. Habe ich mir das heute Morgen nur eingebildet, als ich noch im Halbschlaf war? Ich versuche, eine Erklärung dafür zu finden, doch es ergibt, egal wie ich es drehe, keinen Sinn!

Also packe ich mein Handy in die Hosentasche und gehe weiter. Heute ist ein sonniger Tag und ich spüre die warme Sonne auf meiner Haut, ein klein bisschen Freiheit. Ich komme zu einer Straßenkreuzung, bei der es keinen Zebrastreifen gibt. Der nächste wäre viel weiter entfernt, also will ich einfach die Straße überqueren, aber der Verkehr macht es mir nicht leicht. Es kommen ununterbrochen Autos von beiden Seiten. Von rechts nähert sich ein schwarzes Auto, das langsamer wird, damit ich die Straße überqueren kann. Als es schließlich stehen bleibt, geht mein Blick Richtung Autofahrer, um ihm zu danken. Irgendwie kommt mir dieses Auto sehr bekannt vor. Es ist ein schwarzer Tesla, dessen Neonlichter hervorstechen. Meine Augen erblickten im Vorbeigehen einen Aufkleber mit *VGZ* auf der Vorderseite des Autos. Schlagartig fällt es mir wieder ein. Es ist das Auto, welches ich heute Morgen gesehen habe! Ich versuche, im Vorbeigehen einen Blick in das Auto zu erhaschen, doch leider ist das nicht möglich, denn die Scheibe spiegelt zu stark. Ich sehe nur die Umrisse eines Mannes. Auf der anderen Seite bleibe ich kurz stehen und sehe zu, wie es langsam wieder zu rollen beginnt. Dieses Auto und dieser unbekannte Mann, der am Steuer saß, lösen bei mir Verwirrung aus, aber auch die Neugierde, was dieser Mann wohl beruflich macht, wächst weiter in mir. Das werde ich wohl nie erfahren.

VIER

Als ich um die Ecke gehe, sehe ich das Lokal von Bojan schon. Er hat definitiv den besten Döner der ganzen Stadt. Nach so einem Vormittag tut es gut ein bekanntes Gesicht zu sehen. Der heutige Tag war schon verwirrend genug für mich! Zwei Mails, die sonderbar waren, eine, die ich nicht mehr finde und dazu dieser unbekannte Mann in dem Tesla, den ich heute schon zweimal gesehen habe.

In der Ferne sehe ich Bojan, wie er mir schon zuwinkt. Ohne zu zögern, hebe ich auch meine Hand und winke ihm zurück. Bojan ist ein echt netter Kerl, der sich mit seinen langen zugebundenen, schwarzen Haaren definitiv von der Masse abhebt. Als ich näher komme, hebe ich meine Hand und wir klatschen ein, so wie wir es immer tun.

„Du kennst mich ja, einen Döner bitte."

Bojan nickt und fragte mich, wie es mir geht.

„Alles beim Alten. Und bei dir?" Bojan antwortet genau das Gleiche wie ich.

Nach kurzer Zeit habe ich meinen Döner gegessen und verabschiede mich von Bojan. Mein nächstes Ziel ist mein Lieblingscafé, in dem ich gerne etwas lese und meinen Cappuccino genieße. Das Allerbeste ist allerdings, dass Lena dort arbeitet und ihr Anblick mir jedes Mal den Tag versüßt.

FÜNF

Nach kurzer Zeit bin ich bei dem Café angekommen. Von außen sieht es mit dieser Terrasse sehr einladend aus, aber auch von innen ist es ein Augenschmaus, denn die echten Holztische machen einiges her.

Ich liebe dieses Café einfach, vermutlich weil Lena dort arbeitet. Ich freue mich immer wieder, wenn ich mit ihr ein paar Worte austauschen kann. Mehr als Smalltalk haben wir aber leider noch nie geführt. Wäre ich doch nur nicht zu feige, sie auf ein Date einzuladen! Heute könnte ich es versuchen. *Ich schaffe das. Ich bin stark.* In meinem Kopf gehe ich immer wieder diese Worte durch.

Mein Puls erhöht sich spürbar, als ich die Terrasse betrete, dazu meine Angst vor Ablehnung. Im nächsten Moment sehe ich sie, wie sie mit einem Tablett in der Hand aus dem Café schlendert. So schön wie immer! Mit ihrer engen Jeans, ihren wunderschönen blonden Haaren und ihrer Brille sieht sie einfach hinreißend aus. Dazu kommt ihre positive Energie, die man förmlich spüren kann. Man merkt, dass sie mit beiden Beinen im Leben steht, ihren Job mag und das Leben genießt. All das, wovon ich nur träumen kann.

Sie winkt mir sofort zu, als sie mich sieht und mein Herz beginnt zu rasen. In ein paar Minuten werde ich sie um ein Date bitten. Wenn ich daran denke, dass sie verneinen könnte, wird mir sofort übel. Ich fühle mich sowieso sehr klein in ihrer Anwesenheit. Nachdem ich ein kurzes *Hallo* von mir gegeben habe, nehme ich an einem runden Tisch Platz, welcher durch einen Sonnenschirm geschützt wird.

Im nächsten Augenblick kommt auch schon Lena zu mir. Mit einem kleinen Notizblock in der Hand, mit dem sie die

Bestellungen aufnimmt. Ich bin immer noch fühlbar angespannt und ich bin mir ganz sicher, dass auch sie merkt, dass ich nervös bin. Allerdings lässt sie sich davon nicht beirren, was mich etwas aufatmen lässt.

„Was hättest du gerne, John?"

„Einfach nur einen Cappuccino bitte." Lena notiert es sich und verschwindet gleich darauf im Café. Ich werde sichtlich wieder entspannter. Mein Kopf beruhigt sich wieder ein wenig, dennoch ringe ich mit meinen Gedanken. Es ist nur eine Frage, das wird schon funktionieren. Allerdings wäre ich am Boden zerstört, wenn sie Nein sagen würde.

Ich richte meinen Blick auf die vorbeifahrenden Autos, ein Versuch mich zu beruhigen, ich scheitere jedoch kläglich. Ich fühle mich, als würde ich nur die Spielfigur meiner Emotionen und Gedanken sein, die mich vollkommen kontrollieren. Mein Blick geht zurück auf den Tisch. Im nächsten Moment ziehe ich mein Handy aus der Hosentasche. Beim Berühren aktiviert sich der Bildschirm und ich sehe, dass ich wieder eine Mail bekommen habe. Meine Erwartungen und meine Neugier werden größer. Doch schnell merke ich, dass es sich um meine Spotify-Rechnung handelt. Tja, was soll ich dazu sagen? Als ob ich dachte, dass ich nochmal eine E-Mail mit diesem rätselhaften Inhalt bekomme.

Lena kommt mit dem Kaffee zu mir. Sie hat dieses Lächeln im Gesicht, welches ich so sehr an ihr liebe. Dieses Lächeln, bei dem sie den rechten Mundwinkel etwas höher zieht als den linken, während sich ihre Augenbrauen leicht erheben. Sie stellt die Tasse vor mir hin.

Jetzt ist der perfekte Zeitpunkt, um sie zu fragen. Ich öffne den Mund, um meine Frage auszusprechen, die mir so schwerfällt. Lenas Aufmerksamkeit ist ganz auf mich gerichtet. Ihre Augen funkeln, so als würde sie auf etwas warten. Stotternd spreche ich die ersten Worte.

SECHS

„W-o-l-l-e-n w-ir et-was ...", während dieser Worte schießt mein Blick hin und her. Im Augenwinkel nehme ich ein Auto wahr, das gerade direkt vor der Terrasse parkt. Schon im nächsten Moment fokussiert sich mein Blick darauf. Das kann doch nicht wahr sein! Es ist der schwarze Tesla mit dem unbekannten Mann, der am Steuer sitzt. Meine Frage, die ich angefangen habe, bleibt mir im Hals stecken. Lena, die sichtlich etwas verwirrt ist, fragt mich: „John, was wolltest du mich fragen?"

„Schon okay. Ist nichts Wichtiges."

Verdammt! Jetzt habe ich es wieder nicht geschafft sie zu fragen, da mich der schwarze Tesla komplett aus dem Konzept gebracht hat.

Ich lehne mich in meinem Sessel zurück. Meine volle Aufmerksamkeit geht zu dem Mann im Auto, der noch immer nicht ausgestiegen ist. Ein paar Sekunden später steigt er aus dem Auto. Seine etwas längeren zurückgegelten Haare und die Sonnenbrille machen sein Gesicht sehr aussagekräftig. Er trägt ein schwarzes Poloshirt mit einer grauen Hose, beide Kleidungsstücke sitzen wie angegossen. Sein gesamtes Erscheinungsbild wirkt sehr präsent, so als wäre er ein erfolgreicher Geschäftsmann.

Er nimmt die Sonnenbrille ab. Ich, der ihn schon eine gefühlte Ewigkeit anstarrt, wende meinen Blick ab. Und blicke zurück auf meinen Kaffee und mein Handy. Ich erhebe meinen Kopf, um noch einmal nach ihm zu sehen.

Ich merke, wie er mir mit einem tiefen und klaren Blick in die Augen schaut. Er wirkt auf mich so, als würde er mich lesen nur, indem er mir in die Augen schaut. Ich beginne mich langsam unwohl zu fühlen. Irgendwie mysteriös und faszinierend zugleich. Der Blickkontakt endet und er geht vorne ins Café durch die Eingangstür. Ich begreife gerade nicht, was das war. So etwas habe ich in meinen 25 Jahren noch nie erlebt. Dieses Gefühl von Freiheit und dass ich alles schaffen kann, was er auch geschafft hat. Hätte ich nur so eine Ausstrahlung, bei der die Leute nur durch einen Blick fasziniert werden. Was würde ich an seiner Stelle tun? Ich würde die Welt ansehen und Erfahrungen sammeln und ein Leben führen, dass ich wirklich liebe.

Schnell werde ich in die Realität zurückkatapultiert, als ich mich erinnere, dass ich einen Job habe, der mir ganz und gar nicht gefällt, den ich aber dennoch ausüben muss, um meine Wohnung und mein Leben zu finanzieren.

Ich kann nicht einfach weg von meinem Alltag, vielleicht im nächsten Leben. Ich nehme einen weiteren Schluck von meinem Kaffee, der schon etwas kälter geworden. Ich schaue auf mein Handy, um die Uhrzeit zu checken. 14:00 Uhr. Ich lehne mich zurück und will noch die letzte Stunde in *Freiheit* verbringen, bevor ich mich wieder ins Fitnessstudio stelle.

Einige Augenblicke später sehe ich diesen Unbekannten aus dem Café und auf die Terrasse kommen. Meine Wahrnehmung täuscht mich nicht. Ich beobachte ihn von meinem Sessel aus, da ich ganz auf der anderen Seite der Terrasse sitze und er mir den Rücken zugewandt hat. Sein Gang wirkt sehr selbstsicher und voller Elan. So als würde er fest mit beiden Beinen im Leben stehen und wissen, wozu er fähig ist. Aber dies sind nur meine Gedanken über einen eigentlich fremden Menschen. Plötzlich dreht er sich um und kommt in meine Richtung. Dabei liegt sein Blick auf mir. Es wirkt so, als würde er direkt auf mich zukommen. Ich bin total überfragt, denn warum sollte er auch zu mir wollen? Habe ich irgendetwas falsch gemacht? Sitze ich auf seinem Platz, oder will er mit mir reden? Nein! Mit mir doch nicht.

Er kommt direkt zu mir. Sein Körper ist aufrecht und er hat ein leichtes Schmunzeln im Gesicht. Ich merke, wie er seine Hand in meine Richtung ausstreckt, so als wolle er mich ganz freundlich begrüßen. Ich, der da immer noch sitzt und keine einzige Regung gemacht hat, reagiere recht überrascht, sodass ich ihm nach ein paar Sekunden zögerlich die Hand entgegen strecke. Er hat noch immer dieses Lächeln im Gesicht. „Hallo, mein Name ist Jens." Ich antworte mit starrer Miene: „Mein Name ist John." Seine dunkelgrünen Augen leuchten hervor. Einen kurzen Moment bin ich überrascht, dass ein Mann wie er sich mir vorgestellt hat. Ich spiele doch gar nicht in seiner Liga. Er hat doch schon viel mehr erreicht als ich. Er fragt mich, ob er sich zu mir setzen dürfe. „Ja sehr gerne." Also nimmt er gegenüber von mir Platz. Mir kommt sofort in den Sinn, ihn zu fragen, woher er dieses schöne Auto hat und dazu diese unglaubliche Ausstrahlung. Genau das frage ich ihn. Dann sehe ich in seinem Gesicht, dass sein Grinsen ein bisschen mehr geworden ist.

Jens antwortet: „Deine Vergangenheit und deine Zukunft sind nicht real!"

Ich verkrampfe innerlich. „Was? Haben Sie mir heute diese Mails geschrieben und dann wieder gelöscht? Wer sind Sie und was wollen Sie von mir?" Doch Jens grinst nur noch mehr.

„Was wäre, wenn ich dir sage, dass dein ganzes Leben auf einer Lüge aufgebaut ist." Kurze Stille meinerseits.

„Du kannst diese Lüge weiterleben oder selbst deine Geschichte schreiben." Diese Worte hinterlassen bei mir eine Art von Interesse. Dennoch ist mir die ganze Sache hier etwas unheimlich.

Jens redet weiter: „Hast du dich schon einmal gefragt, warum du so bist wie du bist? Oder woher du weißt, was deine Stärken und deine Schwächen sind?"

Wort für Wort lausche ich ihm zu. Als er seine Ausführungen vollendet hat, antworte ich ihm sofort.

„Natürlich, ich bin wie ich bin, weil ich so geboren wurde. Meine Stärken und Schwächen weiß ich doch auch, weil ich immer mehr in den letzten Jahren über mich gelernt habe und immer besser weiß, worin ich gut bin und worin nicht.

Das bin einfach ich mit meinen Ecken und Kanten, die mir im Laufe der letzten Jahre immer bewusster wurden!" Dann sehe ich Jens direkt ins Gesicht. "Ja John, ich war genau an diesem Punkt. Du spürst dieses Gefühl doch auch. Du willst einfach ausbrechen aus diesem System, richtig? Oder willst du dein Leben lang den ganzen Tag im Fitnessstudio stehen und deine wertvolle Zeit vergehen lassen? Niemals eine Partnerin finden und nie auf Reisen gehen?" Diese Worte treffen mich hart, denn er hat es genau auf den Punkt gebracht. Jetzt erst merke ich, dass er weiß, wo ich arbeite und was sonst alles in meinem Leben gerade passiert.

"Ich kann dir zeigen, wie du dein volles Potential entfalten kannst und endlich die Dinge machen kannst, die du schon immer wolltest. Ich will dich auf eine Reise einladen, John, denn ich sehe das Potenzial in dir."

"Wie sollst du mir helfen können?" Jens legt seine Hände auf den Tisch und rückt mit seinem Oberkörper näher zu mir. Sein Blick ist auf mich gerichtet, als wolle er, dass ich mich auch nach vorne lehne. Genau das mache ich auch. Ich lausche aufmerksam seinen Worten, denn irgendetwas an ihm hat mein Interesse geweckt, dass er mir tatsächlich etwas lernen könnte.

"Ich will dich MORGEN auf eine Reise einladen nach Schottland. Nur wir zwei. Du bekommst heute Abend dein Flugticket und morgen um acht sitzen wir beide im Flieger."

Ich kann nicht glauben, was ich gerade gehört habe. Wörter bringe ich nicht aus mir heraus, denn ich muss das alles in mir einmal zusammenreimen. Also ich soll morgen um acht Uhr mit einem fast fremden Mann, dessen Name Jens ist, in den Flieger steigen, dazu noch nach Schottland fliegen, um dort irgendwelche Erfahrungen oder Erkenntnisse zu sammeln? Jetzt zweifle ich wirklich an meiner Wahrnehmung. Ich kann doch nicht einfach meine Arbeit aufgeben. Wobei, was hätte ich zu verlieren, ich lebe alleine und habe einen Job, der mir nichts gibt. Doch ich kann nicht einfach gehen, ich habe Verpflichtungen. Es fühlt sich so an, als würde mein Verstand immer gegen mich arbeiten.

„Du wirst die richtige Entscheidung treffen, John. Wir sehen uns morgen im Flieger. Ich muss dich jetzt leider verlassen." Ein Tschüss meinerseits bleibt aus, da ich in diesem Moment überfordert bin. Ich sehe, wie Jens vom Stuhl aufsteht, sich von mir wegdreht und die Terrasse hinunter zu seinem Auto geht. Er steigt ein und fährt langsam nach hinten und dann weiter auf die Straße.

SIEBEN

Nach einigen Sekunden lehne ich mich in meinem Sessel zurück und merke die Wärme auf der Rückenlehne, die die Sonne zuvor bestrahlt hatte. Ich greife nach meinem Kaffee, um einen Schluck davon zu nehmen. Wie viel Zeit muss vergangen sein, sodass mein Kaffee kalt geworden ist? So John, jetzt beruhige dich erst mal. Ich soll wirklich ein Flugticket bekommen? Nein, Jens hat mich bestimmt angelogen. Ja, es geht gar nicht anders. Was wäre aber, wenn er die Wahrheit sagt und er mir die einmalige Chance anbietet, etwas zu verändern? Vermissen würde mich keiner, wenn ich mal ein paar Tage weg wäre. Dieses furchtbare Gedankenchaos. Wieso ist der heutige Donnerstag so viel anders als andere Donnerstage, die ich hatte? Will mich das Universum prüfen? Ständig drehen sich meine Gedanken um die Worte von Jens. Ich höre auf einmal eine Stimme, die mich aus meinen Gedanken reißt. Es ist Lena. Sie sagt: „John, wow, du bist ja noch immer da!" Ich sitze da und sehe ihr in die Augen. Plötzlich fällt mir ein, dass es schon sehr spät sein musste. „Verdammt, ich habe die Zeit übersehen! Ich muss zurück ins Studio." Ich springe auf. „Ich hoffe, wir sehen uns bald wieder." Ich nehme 3,50 Euro aus meiner Brieftasche und lege sie auf den Tisch. Den Kaffee trinke ich mit einem großen Schluck auf einmal aus. Mein Handy schnappe ich mir und stecke es in die Hosentasche. Ich jogge zurück ins Gym, um nicht zu spät zu kommen. Währenddessen denke ich darüber nach, was schon passieren könnte, wenn ich zu spät käme.

Einige Minuten später kann ich das Fitnessstudio schon sehen, jedoch werden in mir keine guten Gedanken geweckt. Mir schweben vielmehr die Sätze von Jens im Kopf herum. Ich verstehe nicht, was er in mir sieht. „Ein Flugticket! Morgen! Wie? Wie soll das gehen?" Diese Worte flüstere ich vor mich hin. Was hat das alles mit meiner Vergangenheit und meiner Zukunft zu tun? Ich glaube, das werde ich nicht erfahren. Außer, ja außer, ich wage diesen Schritt. Alles stehen und liegen zu lassen und morgen mit Jens von hier wegfliegen. Aber wie kann ich mir sicher sein, dass er mich nicht in die Irre führen möchte? Jetzt erst merke ich, dass ich das Fitnessstudio erreicht habe. Wie erwartet bin ich zu spät gekommen. Aber es hat einfach niemanden interessiert. Was wäre, wenn ich meinen Chef anrufe und sage, dass ich mich krank fühle? Ja warum nicht. Dann hätte ich morgen frei. Der innere Kritiker wehrt sich in mir stark. Das kann ich nicht machen, einfach andere Leute anlügen. Andererseits, was hätte ich zu verlieren, wenn ich morgen einmal nicht zur Arbeit komme, weil ich angeblich *krank* bin. Eigentlich spricht nichts dagegen, nur dass ich mich dabei schlecht fühlen würde, kein guter Mitarbeiter zu sein. Aber das Lob bei dieser Firma ist ja auch rar gesät.

ACHT

Ich habe gar nicht mitbekommen, wie schnell die Zeit vergangen ist. Meine Armbanduhr zeigt fast 16:00 Uhr an. Was wohl die anderen über mich denken? Ich spiele den Ball in meinem Kopf noch einige Male hin und her, was wohl die richtige Entscheidung wäre. So, nun stehe ich hier, und alles in mir will mich davon abhalten, meinen Chef anzurufen. Egal ob mich Jens angelogen hat oder nicht. Ein Tag zu Hause würde mir auch mal guttun. Mein Handy liegt links neben mir und ich starre es an. Was wird mein Chef über mich denken oder sagen. Will ich das überhaupt? Meine Hand bewegt sich leicht Richtung Handy, während sich in mir eine Art Angst erhebt. Dieses Gefühl, wenn ich seine Stimme höre und ich nicht weiß, wie er reagieren wird. Dieses Ungewisse. Dennoch lasse ich mich davon nicht abbringen. Mit leicht zittrigem Daumen drücke ich auf das Telefonbuch. Ich wische hinunter, bis ich die richtige Nummer gefunden habe. Alles in mir wehrt sich, doch im nächsten Moment drücke ich schon auf den grünen Button. „Hallo John, was gibt es?" Ich merke, dass mein Chef sich heute sehr freundlich anhört, was mir in dem Moment ein wenig die Angst nimmt. Ich weiß nur zu gut, dass er auch schlechte Tage hat, an denen man am besten einen weiten Bogen um ihn machen sollte. Meine Lippen beginnen sich zu bewegen und die Worte kommen aus mir heraus. „Hallo Markus. Ich merke schon den ganzen Tag, dass ich Kopfschmerzen habe, und ich fühle mich nicht so, als wäre ich voll bei Kräften. Ich glaube, ich werde krank. Dürfte ich nach Hause gehen, um mich auszuruhen?" Es herrscht eine kurze Pause, in der ich nichts von ihm höre. Als er schließlich spricht, kommen seine Worte zaghaft über seine Lippen. „Na ja, das ist nicht optimal, aber wenn es dir nicht gut geht, hat es keinen Sinn, wenn du im Studio bist. Ja, geh nach Hause!" Eine große Erleichterung macht sich in mir breit. Ich bin gerade überglücklich. Das allerdings, darf ich mir aber nicht anmerken lassen. Also huste ich einmal ins Handy und sage mit rauer Stimme: „Dankeschön, ich melde mich, sobald ich wieder gesund bin. Schönen Nachmittag noch." Direkt nach diesen Worten lege ich auf. Ich bin mir nicht sicher warum, aber genau in diesem Moment fühle ich mich richtig stark, unaufhaltbar und frei und für einen kurzen Moment glaube ich sogar, dass morgen ein richtig guter Tag werden könnte. Voller Freude und Neugier packe ich meine Sachen und mache mich auf dem Weg zur Eingangstür. Meine Schritte sind selbstsicher, ganz ähnlich wie heute bei Jens. Mir wird bewusst, wie er sich die ganze Zeit fühlen muss.

Als ich beim Auto ankomme, ziehe ich den Schlüssel aus meiner Hosentasche und drücke den Knopf zum Aufsperren. Die Tasche landet direkt am Beifahrersitz und ich steige ein. Mein Handy kommt in die Handyhalterung und ich schmeiße noch einen Blick auf die Uhrzeit. 16:36. Perfekt, dann bin ich um 17:15 Uhr zu Hause. Voller Euphorie heute etwas früher nach Hause zu kommen, mache ich mich auf den Heimweg.

Minute für Minute vergeht.
Ich genieße es, einfach nur im Moment zu sein. Da gerade Frühling ist, blühen viele Bäume auf. Dieses helle Grün leuchtet von allen Seiten. Gleich darauf kommt mir in den Sinn, dass ich vielleicht morgen nach Schottland fliege. Ich muss zugeben, dass der Gedanke mich mit Freude erfüllt. Zuhause angekommen schnappe ich mir meine Tasche und gehe, ohne zu zögern, hoch in meine Wohnung. Ich sperre die Tür auf, gehe hinein und ziehe meine Schuhe aus. Meine Wohnung ist zwar nicht groß, trotzdem liebe ich es, hier zu sein. Vor allem beim Kochen kann ich mich entspannen, deshalb gehe ich mit großen Schritten auf die Küche zu, wo ich einen leckeren Kaiserschmarrn kochen werde. Ich lasse mich keine Sekunde davon abhalten und starte sofort. Nach 15 Minuten bin ich fertig. Mit einem großen Hunger setzte ich mich zum Tisch. Ich genieße jeden Bissen. Nach diesem guten Abendessen bleibe ich noch ein paar Augenblicke ruhig sitzen.

Die Zeit vergeht und ich warte noch immer auf eine Mail von Jens. Je mehr Zeit vergeht, desto unsicherer werde ich. Nach einigen Stunden werde ich langsam müde und die Zweifel in mir, dass mich Jens belogen haben könnte, werden immer größer. Dabei hat ein kleiner Teil in mir geglaubt, dass es wahr sein könnte. Da es mittlerweile schon 22:00 Uhr ist, bin ich mir sicher, dass er mir nicht mehr schreibt. Wie konnte ich nur so blöd sein und auf sowas Dämliches hereinfallen? Das ist alles eine Lüge! Als ob ich geglaubt habe, dass eine fremde Person in mein Leben kommt und damit alles verändert! Zumindest habe ich morgen einen freien Tag, um zu entspannen. Ich beginne mir über den morgigen Tag Gedanken zu machen. Morgen werde ich mal ausschlafen. Mir etwas Gutes zum Essen liefern lassen und schauen, ob ich eine neue coole Serie finde. Ja genau, ich lass es mir gut gehen. Mit diesen Gedanken liege ich im Bett, während ich an die Decke meines Zimmers starre. Ich erschrecke mich fast zu Tode, als mein Handy lautstark zu summen beginnt. Ohne auch nur eine Sekunde vergehen zu lassen, greife ich nach meinem Handy. Die Hoffnung, die langsam in mir aufkeimt, dass es vielleicht Jens sein könnte, verpufft schlagartig, als ich merke, dass es sich nur um meine Schlafenszeit handelt. „Wie konnte ich denn nur so etwas vergessen?", flüstere ich. Leicht aggressiv lege ich mein Handy wieder neben mich. Ich starre weiter an die Decke und mir wird bewusst, dass keine Nachricht mehr kommen wird. Ich drehe mich zur Seite, schließe meine Augen und versuche, einfach einzuschlafen. Aber auch mit geschlossenen Augen ist mein Kopf immer noch am Arbeiten. So einen Tag will ich nie wieder erleben. Ich war so knapp davor, Lena nach einem Date zu fragen, doch ich Idiot habe abgebrochen, nur weil ich einen fremden Mann gesehen habe. Wie dumm von mir! Ich zerbreche mir den Kopf darüber, bis ich schließlich in einen unruhigen Schlaf falle.

ZEHN

Ein lautes Summen reißt mich aus meinem Schlaf. Vor Schreck setze ich mich in meinem Bett auf. Ich blinzle ein paar Mal, um richtig wach zu werden, und greife zu meinem Handy, das neben mir erneut zu summen beginnt. Einige E-Mails ploppten auf dem Sperrbildschirm auf. Als ich mir die drei Mails genauer ansehe, bemerke ich, dass sie alle von einer nicht identifizierbaren Person geschrieben wurden. Alle Mails tragen den gleichen Betreff: *Deine Vergangenheit und Zukunft sind nicht REAL!* Die Neugierde in mir ist auf jeden Fall geweckt, deswegen öffne ich sofort die erste Mail.

Dein Selbstbild ist auf einem Fundament von Lügen aufgebaut, das willkürlich zusammengetragen wurde. Du bist nicht die Person, die du bist. Du bist die Illusion, die du dir selbst immer wieder einredest. Dein Selbstbewusstsein ist nichts anderes als eine Geschichte, die du dir über dich erzählst!
Ich lese diese Zeilen immer und immer wieder durch, doch sie geben auch beim 5. Mal keinen Sinn. Ein Fundament aus Lügen? Eine Geschichte?
Bevor ich mir noch den Kopf darüber zerbrechen kann, schließe ich schnell die Mail und öffne die nächste.
Hey John, schön dass wir uns kennengelernt haben. Ich habe dir einiges zu erzählen und freue mich schon darauf. Du trägst dieses Feuer im Herzen, diese Leidenschaft! Es wird für dich bald alles mehr Sinn ergeben.
Um 5 Uhr morgens wird dich mein Chauffeur abholen, dieser wird dich anschließend zum Flughafen bringen.
Jens

Diese Sätze lese ich voller Euphorie. Irgendwie habe ich das Gefühl, dass mir das Universum doch die Möglichkeit gibt, mehr aus mir zu machen.

Schließlich öffne ich die letzte Mail und kann es kaum fassen, als tatsächlich ein Flugticket mit der Aufschrift *Schottland* zu sehen ist. Ich bin jetzt mittlerweile hellwach und kann es nicht glauben, deswegen schaue ich noch einmal alle Mails durch. Aber ja es ist wahr. Ich träume nicht, ich habe das alles wirklich bekommen. Im nächsten Moment lasse ich mich in mein Bett zurückfallen und kann die Vorfreude irgendwie schon spüren. Nach diesen Neuigkeiten bin ich mir ziemlich sicher, dass ich die restliche Nacht kein Auge mehr zumachen werde.

Noch immer geflasht von diesem Ereignis mache ich mir trotzdem schon Gedanken, wie das wohl ablaufen würde. Mich wird einfach Jens´ Chauffeur morgen abholen? Woher sollte er denn wissen, wo ich wohne? Es kommt mir so vor, als hätte er einen Geheimagenten angeheuert, um mich auszuspionieren. Was habe ich zu verlieren? Nichts! Also werde ich meinen Wecker auf 4:30 stellen und warten was passiert. Ich habe sowieso frei. Sobald ich das erledigt habe, lege ich mein Handy beiseite. Länger als eine halbe Stunde werde ich bestimmt nicht packen. Ich nehme sowieso nur die wichtigsten Sachen mit. Aber wie lange geht unsere Reise eigentlich? Ich habe ja nur ein Ticket für den Hinflug gesehen? Na ja, das werde ich hoffentlich morgen noch erfahren. Somit komme ich zum Entschluss, dass ich einfach für ein paar Tage meinen Koffer packen werde.

ELF

Die Nacht vergeht doch schneller als erwartet, als ich plötzlich meinen Wecker läuten höre. Ich bin tatsächlich eingeschlafen! Meine Augenlider sind spürbar schwer von der kurzen Nacht. Jedoch lasse ich keine Zeit vergehen und stehe sofort auf, hole meine Tasche aus dem Schrank und packe ein paar Sachen ein. Schon nach kürzester Zeit bin ich fertig, was ja auch klar ist, wenn man die Kleidung einfach in den Koffer schmeißt.

In mir baut sich langsam ein mulmiges Gefühl auf, während ich auch den Chauffeur warte.

Es sind nur noch 3 Minuten bis 5 Uhr. Bis jetzt ist noch nichts passiert. Woher soll ich wissen, wann der Typ hier aufkreuzt? Kaum sind diese Worte durch mein Gedächtnis geschossen, läutet es an der Tür. Da ich im ersten Stock wohne, gehe ich sofort zur Sprechanlage. Ich nehme den Hörer in die Hand und sage: „Ja bitte." Die Antwort lässt nicht lange auf sich warten. „Hier ist der Fahrdienst für John in Richtung Flughafen." Das ist der eindeutige Beweis, dass ich nicht verrückt bin und nach Schottland fliege. Meine Antwort kommt prompt: „Ich komme jeden Augenblick." Ich greife nach meinem Koffer, ziehe meine Schuhe an und gehe in schnellen Schritten nach unten. Als ich beim Haupteingang die Tür öffne, steht dort ein sehr schick bekleideter Mann. Er trägt einen schwarzen Anzug und ist um die 50 Jahre alt. Wenn ich ihn nach seinem Auftreten beurteilen müsste, würde ich ihn für einen Geheimagenten halten. Davon lasse ich mir allerdings nichts anmerken und begrüße ihn mit einem zaghaften Lächeln. Er nimmt mir gleich meinen Koffer ab, dreht sich um und geht zum Auto. Nach allem Anschein fahren wir mit einem weißen Tesla. Ich folge dem Fahrer, bis er mir die Hintertür öffnet. Natürlich steige ich sofort ein. Obwohl, ist das nicht etwas merkwürdig? Als ich im Inneren des Autos sitze, macht er die Tür zum Kofferraum auf und verstaut meinen Koffer. Danach steigt er ebenfalls ein. Auch ohne nur ein Wort mit mir zu wechseln, fahren wir los. Dieses ganze Spiel oder was das auch immer sein soll, fasziniert mich auf eine Weise, die ich noch nicht verstehe. Ich sitze in einem wunderschönen Auto auf dem Weg zum Flughafen? Ist doch ganz normal, oder?

Um nicht zu viel über die Situation nachzudenken, versuche ich mit dem Fahrer ein Gespräch anzufangen. „Kennen Sie Jens schon lange?" Doch ich bekomme keine Antwort. Wer will denn schon mit jemandem reden, den man um 5 Uhr früh Richtung Flughafen kutschieren muss?

Nach kurzer Zeit sind wir auf der Autobahn und nähern uns dem Flughafen. Wenn ich so nachdenke, merke ich, dass ich erst zwei Mal in meinem Leben geflogen bin. Zumindest weiß ich jetzt, dass wir wirklich zum Flughafen fahren. Das ist doch etwas Gutes.

ZWÖLF

Angekommen am Flughafen deutet mir der Fahrer mit seinen Händen, dass ich aussteigen soll. Als ich draußen bin, öffnet sich der Kofferraum. Sofort gehe ich nach hinten, um meinen Koffer heraus zu nehmen. Ich blicke hinein und sehe nur einen Rucksack. „Moment mal, wo ist mein Koffer?", rufe ich dem Chauffeur zu. Endlich bekomme ich mal Worte von ihm zu hören. „Sir, Sie habe alles was Sie brauchen in dem Rucksack, nehmen Sie ihn. Ihr Flugticket befindet sich ebenfalls darin." Ich schaue fragend nach vorne, doch an seinem Gesichtsausdruck merke ich, dass er es ernst meint. „Sie bekommen Ihren Koffer wieder, wenn Sie zurück sind." Mir kommt direkt in den Sinn zu fragen, wie lange ich denn fort sei. Aber weil ich mich unwohl fühle, behalte ich diese Frage lieber für mich. „Gut, dann ist es wohl so. Wird bestimmt einen Sinn haben", murmle ich vor mich hin. „Ihr Flug geht bald. Sie sollten sich beeilen", antwortet er nur. Also schnappe ich mir diesen unbekannten Rucksack. Mir fällt sofort auf, dass er sich sehr schwer anfühlt. Was da wohl alles drinnen ist? Als ich in die Seitentasche greife, bemerke ich, dass darin das Flugticket verstaut ist. Mit dem Ticket in der Hand und dem Rucksack am Rücken gehe ich Richtung Terminal, was mir allerdings nicht besonders leicht fällt, da ich Ewigkeiten nicht mehr am Flughafen war.

Etliche Minuten später habe ich mich endlich durch die Kontrollen gekämpft und sitze nun in dem Flieger Richtung Edinburgh. Ich sitze in der ganz normalen Economy Class, mit Blick aus dem Fenster. Fliege ich alleine, kommt Jens oder treffe ich ihn dort? Diese Frage lässt mich nicht los, da neben mir der Platz noch frei ist. Es wäre also möglich, dass Jens noch kommen könnte. Minute für Minute vergeht, aber der Platz neben mir bleibt leer. Der Start ist nur noch wenige Augenblicke entfernt. Ein mulmiges Gefühl macht sich in mir breit, da mein letzter Flug vor ungefähr 5 Jahren war. Ich bin doch nicht der Typ, der einfach alleine in ein fremdes Land fliegt.

Plötzlich spüre ich den Drang, mich umzudrehen, kann aber nicht sagen, woher dieser kommt. Mein Kopf dreht sich nach hinten und ich sehe diesen Mann, auf den ein Teil von mir schon seit Stunden wartet. Es ist Jens, der gerade durch diesen engen Gang in meine Richtung kommt, so standhaft wie immer mit seinem selbstsicheren Blick. Vor mir bleibt er stehen. „Hey John, schön dich zu sehen, ich hoffe, du hattest eine angenehme Anreise." Abgesehen davon, dass mein Koffer weg ist und dass mich ein fremder Fahrer abgeholt hat, der fast kein Wort mit mir gewechselt hat, kann ich mich nicht beklagen. Mit einem höflichen Lächeln erwidere ich seine Frage: „Ja schon, war sehr interessant." Tausend Fragen schwirren in meinem Kopf, auf die ich so gerne eine Antwort hätte.

„John, du fragst dich bestimmt, warum du genau hier bist. Aber allein die Tatsache, dass du hier bist, zeigt mir, dass du es ernst meinst." Diese Worte bestärken mich. „Ich hoffe, du hast über deine Vergangenheit und Zukunft ein bisschen nachgedacht", redet er weiter, „denn ich will dir mit dieser Reise zeigen, dass dich in deinem ganzen Leben nichts und wirklich absolut nichts zurückhalten kann, außer du selbst. Hast du dich schon einmal gefragt, wie erfolgreiche Menschen so leicht durch ihr Leben gehen? Das beruht nur auf einer Sache und diese Sache wirst du hier kennenlernen." Meine Faszination steigt immer mehr. Ich lausche Jens´ Worten und versuche, alles davon zu inhalieren. Eine Sache, die mein Leben verändern kann, die könnte ich wirklich brauchen.

Nachdem Jens fertig gesprochen hat, beginne ich zu reden: „Ich meine, mein altes Leben könnte wirklich eine Auffrischung gebrauchen. Aber was willst du mir zeigen? Ich nehme an, ein Stellenangebot wird das wahrscheinlich nicht sein."

„Nein das ist es nicht. Es geht vielmehr darum, dich mit deiner Identität zu beschäftigen und mit den Dingen, bei denen du glaubst, dass sie wahr sind." Ich, sichtlich ratlos, sehe Jens fragend an. Er allerdings redet nach einer kurzen Pause weiter. „Warum denkst du, dass du manche Dinge kannst und manche nicht?" Nachdenklich lehne ich mich in meinem Sitz zurück. Einige Sekunden vergehen, während ich über seine Frage nachdenke, und plötzlich habe ich eine Ahnung, was die Antwort darauf sein könnte. „Weil ich mit der Zeit gelernt habe, welche Dinge ich kann und welche eben nicht. Weil ich mich jeden Tag besser kennenlerne." Jens fängt zum Grinsen an und antwortet darauf: „Ja John, du hast recht. Zumindest denkst du, dass du recht hast. Ich will dir einen meiner Lieblingssätze mitgeben. Über diesen Satz kannst du während des Fluges nachdenken.

Jeder Mensch erschafft sich zu jedem Zeitpunkt seine eigene Realität, deswegen hat jeder Mensch auch zu jedem Zeitpunkt recht."

Ich höre diese Worte und versuche, sie in meinem Kopf zu ordnen. Jeder Mensch hat immer recht? Zu jedem Zeitpunkt? „Das bedeutet doch, dass kein Mensch jemals unrecht hat?" Jens lacht nur verschmitzt und antwortet: „Dieser Satz hat eine starke Aussage, die viele Menschen nicht bewusst wahrnehmen. Mir hat dieser eine Satz sehr viel Klarheit in mein Leben gebracht. Gib dir etwas Zeit John, die größten Veränderungen passieren nicht von heute auf morgen." Jens wirkt immer seltsamer auf mich. Woher weiß er von diesen Aussagen?

Um mehr Klarheit zu schaffen, frage ich ihn: „Jens, als was arbeitest du oder womit verdienst du dein Geld und wie kannst du einfach an einem Freitagmorgen ganz unerwartet in einen Flieger mit einer fast fremden Person steigen?" Jens sieht mich an und erwidert darauf: „Ich arbeite wann und wo ich will. Zudem nehme ich mir gerne die Zeit, Menschen wie dich auf den richtigen Weg zu bringen. Viele Menschen nehmen ihr Leben niemals selbst in die Hand. Sie leben niemals ihre Träume und arbeiten das ganze Jahr für 5 Wochen Urlaub und das war's. Wenn sie glücklich damit sind, ist das ihre Entscheidung. Viele allerdings warten nur darauf, dass sich von alleine etwas ändert, doch das wird nicht passieren." Ich kann mich voll und ganz mit seinem Gesagten identifizieren, da ich jahrein, jahraus arbeite, und das noch dazu ohne Freude.

„Wie kann man daran etwas ändern? Ich habe Pläne, ich will Lena endlich fragen, ob sie mit mir ausgeht und ich hätte gerne einen Job der mich glücklich macht. Nur wie mache ich das?" „Alle Veränderungen fangen mit dir an, verändere dich in deiner Identität, achte darauf, worauf du deinen Fokus legst, und das Leben wird dir Chancen geben, die schon immer da waren. Du hast sie bis jetzt nur nicht wahrgenommen. Kannst du mir ein paar Währungen aufzählen, die du so kennst?"

„Ja klar kann ich das, zum Beispiel Euro, Dollar, Bitcoin, Pfund." „Genau", sagt Jens, „Es gibt aber noch eine Währung, und zwar die wichtigste Währung des Universums. Das ist dein FOKUS."

Fokus ist die Währung des Universums.

„Worauf du dich fokussierst, darauf geht deine Aufmerksamkeit. Kennst du es, wenn du dir ein Motorrad gekauft hast, und du denkst dir, du bist der Einzige, der dieses Modell hat. Aber auf einmal wirst du, wo auch immer du hingehst, immer wieder das gleiche Motorrad sehen, das du hast und weißt du warum? Weil dein Fokus darauf liegt." Ich höre Jens aufmerksam zu und erkenne, dass er recht hat. Vor einiger Zeit habe ich mir ein anderes Auto gekauft und auf einmal sah ich überall das gleiche, das ich hatte.

„Ist dir auch schon aufgefallen, dass das gleiche Spiel auch umgekehrt funktioniert? Damit meine ich, wenn du dich auf negative Dinge fokussiert. Nur mal angenommen du hast am Monatsende nur mehr hundert Euro auf deinem Konto und jetzt legst du deinen ganzen Fokus nur darauf, dass du wenig Geld hast und sparen must. Dadurch ziehst du genau das auch an, und zwar mehr Rechnungen und mehr Geldsorgen." Kurz lasse ich die Worte auf mich einwirken. Wie soll ich mich nicht auf meine Geldsorgen konzentrieren, wenn ich noch Zahlungen habe oder besser gesagt, wie soll ich hier meinen Fokus nicht auf das Geldproblem lenken? „Du kannst hier genau so versuchen, positiv zu denken. Also, ich schaffe das, bald bekomme ich mehr Geld und so weiter. So einfach kannst du deinen Fokus von etwas Negativem auf etwas Positives lenken. Klar, es wird kein Wunder passieren, doch deine Stimmung und die Energie verbessern sich." Ich merke, wie ich meine Hand hebe und beginne, mich am Kopf zu kratzen. Anscheinend signalisiert mein Körper, dass diese Worte etwas Bleibendes hinterlassen haben. Jens macht eine Pause. Ich nehme an, dass er bemerkt hat, dass ich das alles einmal verarbeiten muss.

„Reime dir das einmal alles zusammen, John, bevor wir weiter reden." Ich nicke.

Mittlerweile sind wir schon lange losgeflogen. Dieses tiefe Gespräch hat mich komplett aus meiner Realität katapultiert. Wie konnte ich nur den Abflug nicht mitbekommen? Dieser Anblick, wie klein alles von hier oben wirkt. Von diesem Blickwinkel betrachtet, sieht die Welt so aus, als gäbe es keine Probleme. Diese Sichtweise von hier oben und die andere von unten auf der Erde kann man nicht vergleichen.

DREIZEHN

Wir sind bereits über den Wolken. Ich denke gerade daran, dass ich jetzt auch im Studio stehen könnte und nicht wüsste, wohin mit meiner Zeit. Ich habe mich schon lange nicht mehr so lebendig gefühlt. Einerseits ist das ja auch logisch, wenn ich jeden Tag dieselben Dinge immer und immer wiederhole. Was sollte sich dabei schon großartig ändern? Ich frage mich, was wäre, wenn ich Jens nicht getroffen hätte. Alles würde wie immer sein.

Andererseits, sicher sein kann ich mir noch nicht, ob sich in Schottland etwas ändern wird.

Dennoch hat mir Jens bewiesen, dass er weiß wovon er redet und definitiv einige Sachen anders betrachtet als viele andere Menschen. Fokus. Worauf richte ich denn meinen Fokus eigentlich im Alltag? Tja, es fängt bei mir ja schon am Morgen an, dass ich meinen Fokus darauf lenke, dass ich nicht zur Arbeit will. Dadurch wird mein Tag üblicherweise langweilig und zäh.

Mein Geburtstag liegt auch nicht lange zurück. Ich versuche, mich daran zu erinnern, wie dieser Tag verlaufen ist. An diesem Tag bin ich mit Freude aufgestanden. Hier richtete ich meinen Fokus auf das Positive, wodurch ich mit Leichtigkeit durch den Tag gegangen bin. Wow! Ich fühle mich, als hätte ich gerade im Lotto gewonnen, nur weil ich diesen kleinen Ratschlag von Jens bekommen habe.

Jens hat auch mit seiner anderen Aussage recht. Ich will nicht ständig nur davon träumen, was ich in Zukunft machen möchte, sondern diese auch umsetzen, um sie tatsächlich zu leben. Nur wie soll ich daran etwas ändern? Ich müsste mich selbstständig machen. Ja, das wäre die Lösung. Aber Selbstständigkeit ist durchaus schwierig. Wie das Wort schon sagt, arbeite ich doch ständig und meine Einnahmen sind auch nicht sicher. Besser gesagt, Sicherheit gibt mir die Selbstständigkeit keine. Dennoch ist da noch ein Punkt, der mir keine Ruhe lässt. Kann ich mir dessen sicher sein, was ich mir hier gerade einrede? Ich habe nun die einmalige Chance, Jens das zu fragen.

„Jens, du hast mir gerade gezeigt, dass du recht hast. Auf alles, worauf ich meine Aufmerksamkeit jemals gerichtet habe, davon habe ich mehr bekommen. Entweder waren das gute Dinge oder schlechte. Aber jetzt zu meiner eigentlichen Frage. Du hast bestimmt Erfahrung mit Selbstständigkeit, oder nicht?" Ich sehe, wie Jens nickt. Also rede ich weiter: „Ich stelle mir den Schritt in die Selbstständigkeit richtig schwer vor, stimmt das?" Ich warte gespannt auf seine Antwort.

„Wenn du es dir schwer vorstellst, dann wird das so für dich sein." Auf genau diese Weise, mit genau solchen Worten, schafft es Jens, mich immer wieder in Verwirrung zu bringen.

Bevor ich antworten kann, sagt er noch: „John, ruh' dich noch etwas aus. Für dich wird bald alles Sinn ergeben."

Nach dieser Unterhaltung lehne ich mich in meinem Sitz zurück. Ich vertraue Jens immer mehr, denn er hat mir in diesen 30 Minuten so viele Erkenntnisse gebracht, die ich ohne ihn nie erfahren hätte. Unser Flug dauert noch gut zwei Stunden. Ich stelle fest, dass Jens nicht gerade der gesprächigste Typ ist, denn außer den Antworten auf die Fragen, die ich gestellt habe, kommt nichts von ihm.

Was machen wir wohl in Schottland? Jens hat kein Wort darüber verloren, nur dass alles bald mehr Sinn ergeben wird. Aber die Fakten sprechen für eine Art Wanderung. Keine Ahnung was genau, aber dieser große Wanderrucksack, den ich von ihm bekommen habe, sagt wohl mehr als tausend Worte.

Je näher wir unserem Ziel kommen, desto mehr wächst meine Neugierde darauf, was wir dort machen werden.

Mittlerweile sind wir in Schottland angekommen, besser gesagt fliegen wir gerade über Edinburgh, der Hauptstadt von Schottland. Beim Blick aus dem Fenster kann ich eine riesige Stadt sehen. Überall sind Hochhäuser, die emporragen, während die Mittagssonne die ganze Stadt erhellt. Diesen Augenblick werde ich für immer im Gedächtnis behalten. Unser Landeanflug steht bevor.

Kurze Zeit später kämpfen wir uns durch den Flughafen hindurch. Ich habe den Eindruck, als wäre Jens hier schon öfters gewesen, da er in den letzten Minuten nie auf irgendeinen Plan geschaut hat. Vielleicht war er auch mit anderen Menschen schon hier. Als wir schließlich aus dem Flughafen kommen, wartet bereits ein Taxi auf uns. Wir begrüßen den Fahrer und im nächsten Moment sagt Jens: „So John, bist du bereit, dein Leben zu verändern? Wenn ja, dann steig bitte in das Taxi." Ich zögere keine Sekunde. Ich will einfach wissen, was es damit auf sich hat. Diese Neugierde und dieser Drang, endlich frei zu sein, übernehmen die Kontrolle über mich.

Jens flüstert dem Taxifahrer etwas zu und schon im nächsten Moment fahren wir los. Ich kenne noch immer nicht das Ziel. „Wohin fahren wir denn?" Darauf antwortet er aber nur mit ermüdenden Worten: „Bald wirst du es erfahren." Natürlich finde ich es schade, dass er es mir nicht einfach sagt. Aber irgendwie macht das die ganze Sache einen Hauch spannender.

Nun sitzen wir also in einem Taxi in Edinburgh. Allein diese Tatsache übersteigt meine Vorstellung. Ich bin so fasziniert von dieser Stadt. Diese Gebäude, dazu die vielen Menschen, die unterwegs sind. Alle gehen hier ihrem Alltag nach. Meine Blicke gehen mal aus dem rechten Fenster und dann wieder aus dem linken. Die ganze Zeit finde ich etwas Interessantes zu beobachten. Das Sonderbarste für mich ist der Linksverkehr. Um ehrlich zu sein, bin ich ziemlich erleichtert, dass ich hier nicht fahren muss.

Wir fahren immer weiter und weiter bis wir schließlich aus der Stadt draußen sind. Danach geht es auf die Autobahn und zum Schluss landen wir auf einer Landstraße.

VIERZEHN

Schlussendlich endet unsere Autofahrt bei einer herun-
tergekommenen Villa, deren Ziegelmauern ich schon
von weitem sehen kann. Riesige Rauchfänge ragen heraus.
Vor der Villa liegt ein großer Garten, der nur so vor kleinen,
fast schon rund geschnittenen Bäumen strotzt. Um das Are-
al herum befindet sich ein Zaun, der aus Steinen besteht und
beim Eingang befindet sich ein altes Eisentor. Als wir näher
kommen, sehe ich einen Schriftzug mit folgendem Spruch:
Vertraue deinem Weg!

Irgendwie hat dieses Zitat etwas Geheimnisvolles.
   Wir waren fast zwei Stunden unterwegs. Dabei sind wir
die meiste Zeit weit weg von der Zivilisation unterwegs gewesen und in der letzten Stunde habe ich sowieso nur mehr
Bäume gesehen, und weit und breit kein anderes Haus oder
andere Menschen. Na ja, angekommen sind wir ja.
   Jens reißt mich aus meinen Gedanken. „So John, das ist
unsere Unterkunft."
   Ich weiß nicht ganz, ob ich mich freuen soll oder nicht.
Einerseits finde ich diese Villa nicht gerade gemütlich von
außen, andererseits vertraue ich hierbei einmal mehr Jens
und seinem Plan.
   Ich steige aus dem Auto und nehme meinen Rucksack aus
dem Kofferraum. Wir passieren gerade das Eingangstor, als ich
Jens eine weitere Frage stelle: „Bist du hier öfter in dieser Villa?" Jens geht seelenruhig weiter. Kurz habe ich die Befürch-
tung, dass er meine Frage überhört haben könnte, doch dann
antwortet er: „Ja, das hier ist die Villa, wo alles angefangen
hat. Dieser Ort hier hat mein Leben verändert. Als wir uns
zum ersten Mal getroffen haben, habe ich dir erzählt, dass
du mich sehr an mich erinnerst. Ich kam das erste Mal vor

5 Jahren zu dieser Villa. Mittlerweile besuche ich sie regelmäßig. Die Betreiber sind ein nettes altes Ehepaar. Was an diesem Ort so besonders ist, ist nicht nur die Villa, sondern auch die Landschaft. Hast du dich schon mal umgeschaut?" Ich beginne sofort meinen Kopf zu bewegen und die Umgebung förmlich zu scannen. Ein riesiger Berg ragt gegenüber der Villa auf, der nicht allzu weit weg zu sein scheint. Wie hoch der wohl ist? Mein Blick geht weiter. Ich merke dieses Zusammenspiel aus Natur, Hügeln und Bergen. Auf der anderen Seite sehe ich ein großes leeres Feld ohne Bäume. Links und rechts von der Villa befinden sich viele Wälder mit dunklen, großen Nadelbäumen. Nachdem ich einen Moment die Umgebung angeschaut habe, merke ich, was Jens damit gemeint hat. Dieser Ort, oder besser gesagt diese Villa liegt im Zentrum von Extremen mit natürlichen Unterschieden. Auf der einen Seite ein riesiger Berg, auf der anderen eine ebene Fläche und dazwischen Wälder mit kleineren Hügeln.

Ich habe gar nicht mitbekommen, dass ich schon einige Minuten nur die Umgebung betrachte, bis mich Jens anredet. „Verstehst du, was ich meine?" Ich nicke. „Ja, ich sehe es. Dieser Ort ist so faszinierend."

Das Wetter spielt nicht ganz mit, denn als wir vor der Villa stehen und die Umgebung anschauen, beginnt es langsam zu regnen. Zwar nur leicht, aber Jens meint zu mir: „Lass uns hineingehen." Wir schreiten immer näher zur Eingangstür. Es ist eine massive alte Holztür in Dunkelbraun. Die gesamte Villa wirkt auf mich eher düster und dunkel, statt einladend. Das liegt sicher auch an den grauen Ziegelsteinen, aus denen die Villa besteht. Beim Näherkommen entdecke ich schon wieder Wörter, die in die Tür geritzt worden waren.

Vergiss deine Vergangenheit und deine Zukunft.

Das erinnert mich an die E-Mail von Jens. Übrigens weiß ich noch immer nicht, woher er meine E-Mail-Adresse hatte. Aber jetzt ist nicht der richtige Moment, um zu fragen. Seit ich hier auf dem Grundstück der Villa bin, fühle ich mich, als wäre ich voller Energie. Damit meine ich, dass ich glücklich bin und mich so fühle, als könnte mich nichts aufhalten. Sogar ein Gefühl von Tatendrang und Erfolg macht sich in mir breit. Wenn ich diese Gefühle doch nur in meinem Alltag hätte. Jens greift zum Türgriff und öffnet die schwere und massive Tür mit der Inschrift. *Vergiss deine Vergangenheit und Zukunft.* Drinnen angekommen, spiegelt alles den äußeren Eindruck wider. Die Einrichtung ist sehr altmodisch. Ich sehe einen dunklen Holzboden, auf dem lange Teppiche liegen. Direkt gegenüber von der Eingangstür ist eine Art Rezeption mit einem dunkelbraunen Holztisch, auf dem ein PC steht. Interessant, dass es hier sogar Internet gibt.

Von der Decke hängen schwarze Eisenlampen, die mithilfe von Ketten befestigt wurden. Die Wände bestehen, wie auch die Außenseite des Hauses, aus dunklen Ziegeln.

Trotz der dicken Wände ist es hier drinnen viel wärmer als draußen. Mein Gefühl sagt mir, dass es draußen nur um die 15 Grad haben muss.

Als ich nach links blicke, sehe ich einen großen Raum mit ein paar Tischen, die ebenfalls sehr schlicht gehalten sind und zum Rest der Villa passen. Ich zähle vier Tische, aber nur einer ist gedeckt. Das müsste wahrscheinlich unserer sein.

FÜNFZEHN

In diesem Moment kommt der Besitzer durch das Esszimmer. Ich sehe, wie Jens ihm die Hand reicht und ein breites Lächeln im Gesicht hat. Sieht so aus, als freue er sich, ihn wiederzusehen. Die beiden begrüßen sich und reden ein paar Worte. Im nächsten Augenblick will ich ihm auch die Hand reichen.

„Guten Tag."

Er erwidert meine Begrüßung. Er stellt sich mir vor und ich erfahre, dass sein Name Alex ist. Auf mich macht er einen sehr freundlichen und bodenständigen Eindruck. Vom Aussehen her müsste er ungefähr 60 Jahre sein, da seine Haare schon fast zur Gänze grau sind. Während wir uns unterhalten, erfahre ich, dass Alex diese Villa zusammen mit seiner Frau Lilo betreibt. Die beiden machen das schon Ewigkeiten.

„Was ist das für eine Villa? Sie liegt so weit weg von den anderen Menschen."

„Diese Villa ist ein Ort zum Erholen, aber auch, um sich selbst weiterzuentwickeln. Hier bei uns sind nur Gäste willkommen, die ein gewisses Potenzial mit sich bringen. Also Menschen, die mehr aus ihrem Leben machen wollen, so wie du, John. Personen, die hier ein paar Tage verbringen, verlassen diesen Ort mit einer ganz neuen Lebensanschauung."

Ich lausche Alex' Worten, die er mir mit freundlicher Stimme mitteilt.

„Hört sich richtig gut an", sage ich zu Alex.

Nach diesem kurzen Wortwechsel wendet sich Alex wieder Jens zu.

„Ich schaue mich ein wenig um", sage ich zu den beiden und mache mich auf den Weg zum Essraum, wo die riesigen Fenster die Holztische im hellen Licht von draußen leuchten lassen. Hier hat man eine tolle Aussicht, denn man sieht auf der linken Seite genau zum großen Berg hinauf und wenn man rechts aus dem Fenster blickt, sieht man ein leeres Feld, das nur mit Gras bedeckt ist. Ich schaue mich weiter um und entdecke noch einen Raum mit einem riesigen Bücherregal. Daneben steht ein kleiner Tisch und ein Couchsessel. All diese Dinge befinden sich auf einem mit schönem Muster verzierten Teppich.

Ich bin begeistert von diesem Zimmer. Ich gehe ein paar Schritte weiter und entdecke viele Bilder an der Wand. Dabei sehe ich chinesische Zeichen auf einem und einen Wolf auf einem anderen Bild. Kunst liegt wohl im Auge des Betrachters. Ich gehe zum Bücherregal und bewundere die große Auswahl an Büchern, die es hier gibt. Als ich genauer hinsehe, bemerke ich, dass es sich um keine Romane handelt, sondern um Ratgeber und Sachbücher. Hat Alex diese Bücher alle gelesen? Das glaube ich nicht, denn das Regal ist sicher sechs Meter lang. Als ich mich weiter umschaue, bleibt mein Blick öfters bei den Bildern an der Wand hängen. Haben diese Bilder vielleicht eine tiefere Bedeutung? Besonders das Bild mit den Schriftzeichen finde ich spannend. Beim genauen Betrachten fällt mir rechts unten ein Wort auf. *KAIZEN*. Irgendwie kommt es mir bekannt vor, so als hätte ich schon mal davon gehört. Ich möchte mich gerade abwenden, als ich noch etwas bemerke. Der ganze Rahmen ist mit Worten bedeckt. Aufmerksam lese ich diese.

Leben nach dem KAIZEN bedeutet nach ständiger Verbesserung zu streben.

Ständige Verbesserung. Interessant, also ist das der Raum der Verbesserungen? Ich blicke mich noch ein wenig um, bis ich schließlich zurück zu Alex und Jens gehe. Meine Erkundungstour ist fürs Erste erledigt.

Ich höre schon von weiter Entfernung, dass die beiden noch immer reden. Als ich bei ihnen angekommen bin, meint Jens: „Gut, dass du wieder da bist, John. Wir werden uns jetzt noch ein wenig stärken. Alex' Frau kocht für uns und danach werden wir eine Wanderung unternehmen." Ich schaue auf meine Uhr und diese zeigt an, dass es bereits 14:30 Uhr ist. „Du hast alles, was du brauchst in deinem Rucksack."

Ich antworte: „Ja, können wir gerne machen", obwohl die Motivation für eine Wanderung bei mir gerade so gut wie gar nicht vorhanden ist. Ich kann nur hoffen, dass mich das Essen wieder stärkt.

Alex sagt, dass wir uns gerne schon hinsetzen können. Wir bedanken uns bei ihm und gehen zum Tisch.

Dort angekommen nehmen wir beide Platz. „Wohin wollen wir wandern?", frage ich ihn beiläufig. Jens' Blick wandert aus dem großen Fenster, wo der Berg zu sehen ist. Schnell wird mir klar, dass es ein Ausflug auf den Berg werden würde. Ich bin leicht genervt, weil dieser Marsch sicherlich ewig dauern wird, da dieser Berg mir schon von hier aus sehr groß vorkommt. Dennoch, ein Teil von mir freut sich auch ein bisschen darauf.

Jens reißt mich aus meinen Gedanken. „Hast du dir bereits Gedanken über die Währung des Universums gemacht und worauf du deinen Fokus lenken willst?"

„Ja, das habe ich", sage ich zu Jens. „Egal worauf ich meinen Fokus richte, ich ziehe automatisch immer mehr davon in mein Leben."

„Genau, das stimmt, aber weißt du auch, warum das so ist?" Ich verneine mit einem Kopfschütteln.

Jens fährt fort: „Es gibt auf dieser Welt ein Gesetz, das ich dir näher bringen möchte. Ich persönlich kürze es mit GDA ab, da dies aber den meisten Menschen nicht geläufig ist, sagen wir ‚Gesetz der Anziehung' dazu. Dieses Gesetz ist das fundamentalste Gesetz im ganzen Universum. Es funktioniert nämlich wie ein Verstärker für etwas, was du aussendest. Wie wir schon im Flieger besprochen haben, gibt dir dieses Gesetz immer nur das, was du aussendest. Das heißt, sendest du etwas Negatives aus, gibt dir das Gesetz der Anziehung mehr davon. Also mehr Schlechtes oder Schwierigeres. Aber genau so geht es auch umgekehrt, und zwar mit positiven Dingen."

Ich merke gerade, wie einfach das doch klingt. Nach einer kurzen Pause fährt Jens fort: „Die meisten Menschen reagieren mit Widerstand auf diese Dinge. Deswegen erlaube dir, es zu akzeptieren und dich zu fragen: *Was wäre, wenn das alles wahr ist?*"

SECHSZEHN

Ich will dir noch ein Thema näher bringen, John", sagt „Jens. „Und zwar, warum dein Selbst auf Lügen aufgebaut ist. Du hast mir doch erklärt, dass du dich mit der Zeit immer besser kennengelernt hast. Aber was ist, wenn ich dir sage, dass das nicht stimmt. Du GLAUBST nämlich nur, der zu sein, der du bist. Mit all deinen Stärken und Schwächen. Lass diesen Satz einmal wirken. Du fragst dich jetzt bestimmt warum? Der Grund ist einfach, aber ich mache dich hier nochmal aufmerksam darauf, *lass es zu.*

Mach dir Gedanken darüber, was wäre, wenn das Folgende, das ich dir jetzt erzähle, wahr ist. Angenommen du wärst in einer anderen Familie oder mit anderen Freunden aufgewachsen, dann wärst du jetzt ein ganz anderer Mensch. Unser Selbstbild formt sich aus Dingen, die wir gesagt bekommen oder erlebt haben und dadurch fangen wir langsam an, gewisse Dinge zu glauben, die wir können und die wir nicht können. Nur mal angenommen, du wärst mit Freunden aufgewachsen, die gerne Rockmusik hören, dann würdest du diese Musik wahrscheinlich auch mögen.

Das heißt, dass dein Ich, also dein Selbstbild, willkürlich an dich herangetragen wurde. Es wurde irgendwie zusammengewürfelt, denn die Person, die du jetzt bist, wurde durch Zufall erschaffen."

Kurz lässt er mich darüber nachdenken, dann spricht er weiter.

„Das ist nichts Schlechtes, denn mit diesem Wissen kannst du jetzt selbst bestimmen, in welche Richtung du gehen oder welches Selbstbild du von dir erschaffen willst. Davor war es Willkür. Jetzt hast du die Macht, denn der Gedanke daran, dass du etwas nicht kannst, ist nur in deinem Kopf. Und das nur, weil dir das irgendjemand einmal eingeredet hat." Ich lausche Jens' Worten, ohne auch nur an etwas Anderes zu denken.

Als er schließlich fertig geredet hat, scheint mir, als wäre das alles unglaubwürdig. Aber Jens hat doch gesagt, was wäre, wenn es wahr ist? Was wäre dann? Dann könnte ich ganz allein bestimmen, wer ich in Zukunft sein will. Ich könnte ein Unternehmer werden. Die Visionen schießen mir nur so durch meinen Kopf. Doch ich werde aus meinen Gedanken gerissen, als Alex' Frau Lilo auftaucht. Sie begrüßt uns und stellt sich mir vor.

Sie hat zwei Suppen in der Hand, die sie vor uns abstellt. Sie macht auf mich einen sehr glücklichen Eindruck, so als würde sie sich sehr freuen, dass ich hier bin. Lilo fragt mich, warum ich hier bin. Ich antworte: „Jens hat mich zu dieser Reise eingeladen und das auf eine geheimnisvolle Art und Weise." Sie fängt an zu grinsen und sagt nur: „Lasst es euch schmecken." Ich warte keine Sekunde und fange an, meine Suppe zu löffeln.

Irgendwie rauben mir Jens' Worte und das ganze Gerede vom Gesetz der Anziehung die Energie. Aber je öfter ich es wiederhole, dass mein Leben, oder besser gesagt, mein Ich durch Zufall entstanden ist, desto mehr Sinn ergibt es für mich. Auf eine gewisse Weise hat er ja recht, schätze ich. Was wäre, wenn ich andere Freunde gehabt hätte, oder auf eine andere Schule gegangen wäre? Ich wäre nicht diese Person, die ich jetzt bin. Und ganz bestimmt würde ich nicht mit Jens hier in Schottland sitzen und Suppe essen.

Ich finde die Gelegenheit perfekt, um Jens nach seiner Vergangenheit zu fragen. „Was hast du früher vor all dem hier gemacht und wie hast du früher gelebt?" Jens schaut mir tief in die Augen. Es vergehen einige Sekunden, bis er schließlich antwortet. „Ich ging früher in ein Gymnasium, welches ich aber abgebrochen habe. Zu diesem Zeitpunkt lagen meine Interessen woanders und nicht bei der Schule. Ich merkte schon früh, dass Schule nichts für mich ist. Mit dem Eintritt in die

Arbeitswelt begann für mich ein neuer Lebensabschnitt, den ich einige Jahre lang durchlief. Doch schließlich erreichte ich einen Punkt, an dem ich spürte, dass ich etwas Neues ausprobieren wollte. Ich wollte nicht mehr mein Leben und meine Zeit für jemand anderen opfern. Schlussendlich landete, wie bei dir, eine Mail in meinem Postfach. Anfangs habe ich sie ignoriert, weil ich dachte, dass es ein Scherz sein muss."

Leider unterbricht Lilo Jens' Geschichte, indem sie mit dem Hauptgang kommt. Sie entschuldigt sich für die Unterbrechung. Sie nimmt unsere leeren Suppenteller und stellt uns die Hauptspeise auf den Tisch. „Es ist Haggis. Das ist ein schottisches Spezialgericht", sagt Jens. Da ich immer noch sehr hungrig bin, freue ich mich nun umso mehr auf das Hauptgericht. Nachdem ich mir eine Portion auf meinen Teller platziert habe, frage ich Jens, ob er nicht weiter erzählen könne. „John, fürs Erste reicht es mit meiner Geschichte, da wir ja wegen dir hier sind."

Nach einigen Minuten habe ich alles aufgegessen. Ich lehne mich nach hinten in meinem Sessel und genieße den Moment, denn ich weiß ja, was als nächstes bevorsteht. Gleich darauf sehe ich schon, wie Lilo zu uns kommt und fragt, ob es uns geschmeckt hat. Ich antworte mit klarer und zufriedener Stimme: „Es war hervorragend."

Die Zeit vergeht, ich hole heute mein Handy zum allerersten Mal aus meiner Hosentasche und schaue auf die Uhr. Es ist 15:00 Uhr. Mir fällt auf, dass ich hier gar keinen Empfang habe. Jens sagt mir: „Da, wo wir hingehen, brauchst du dein Handy nicht. Gib es besser Alex, er behält es, solange wir unterwegs sind." Eigentlich finde ich es nicht wirklich prickelnd, dass ich mein Handy hergeben soll. Irgendwie fühlt sich das an wie früher in der Schule, aber das kann ich nicht laut sagen.

„Ich gebe es Alex, sobald wir aufbrechen", antworte ich schließlich.

Jens hat wieder denselben Gesichtsausdruck wie bei unserem Kennenlernen. Dieses verschmitzte Lächeln. Als Jens schließlich von seinem Sessel aufsteht und in meine Richtung deutet, wird mir klar, dass wir nun aufbrechen werden. Irgendwie bin ich doch schon gespannt, was mich erwarten wird. Nachdem ich aufgestanden bin, gehe ich zu Alex, der an der Rezeption sitzt, und gebe ihm mein Handy. Ich sehe, wie Alex ein Paar Schuhe auf den Tisch legt. Habe ich gerade mein Handy gegen Schuhe eingetauscht? Im nächsten Moment erzählt mir Alex, dass ich die Schuhe fürs Wandern brauche. Ich bin überrascht aber keineswegs abgeneigt, denn meine Schuhe sind definitiv nicht für eine Wanderung gemacht. Ich nehme sie dankend an. Es handelt sich um schöne, etwas höhere Wanderschuhe in der Farbe Dunkelbraun, die von blauen Streifen umrandet werden. Ich probiere sie gleich an und merke, dass sie perfekt sitzen. Nun kann es losgehen.

Jens kommt zu mir und sagt: „Du hast eine Jacke und eine Hose in dem Rucksack und alles, was du sonst noch brauchst." „Super", sage ich, obwohl ich leicht verwundert bin, warum ich so viele Sachen bekomme. Ich öffne den Rucksack und probiere die Kleidung an. Natürlich passt alles wieder wie angegossen.

Was mich wohl auf unserer Wanderung erwartet? Warum sonst würde ich so gut ausgerüstet werden. Ich kann nur hoffen, dass es kein tagelanger Marsch wird.

„Es kann losgehen", sage ich zu Jens, während ich versuche, mich auf das bevorstehende Abenteuer zu freuen.

SIEBZEHN

Das Wetter scheint nicht das Beste zu sein, denn der Himmel ist voller dunkler Wolken, die so aussehen, als würde es bald einen starken Regenschauer geben. Genau dieses Thema spreche ich bei Jens an, als wir gerade dabei sind, das Grundstück der Villa zu verlassen. Doch Jens sagt nur: „Das Wetter wird uns bestimmt nicht aufhalten, John. Das, was uns aber aufhalten könnte, ist der *Gedanke* an das schlechte Wetter und was alles passieren *könnte*."

Schon wieder so eine Aussage von ihm, die alles andere als vorhersehbar ist. Aber wenn ich die Worte öfters abwäge, merke ich, dass Jens recht hat. Das Wetter wird uns bestimmt nicht aufhalten, aber der Gedanke daran, dass es wie in Strömen schütten könnte. Genau solche Gedanken könnten mich davon abhalten, zu wandern. Je mehr ich darüber nachdenke, desto öfter stelle ich fest, dass diese Gedankengänge auch im Alltag anzuwenden sind. Jetzt erst wird mir bewusst, dass ich mir ständig selbst Lügen erzähle, indem ich mir vorsage, dass ich kein eigenes Unternehmen aufbauen kann, es zu schwer ist und zusätzlich viele Probleme mit sich bringt. Im schlimmsten Fall werde ich scheitern und nichts mehr haben. Dennoch merke ich immer mehr, dass mich eigentlich nur diese Gedanken zurückhalten. Vielleicht liegt es auch daran, dass ich mich gerade sehr glücklich fühle. Nur was ist, wenn ich wieder zuhause bin und all das vorbei ist? Was ist, wenn mir das alles hier nichts bringt und ich dann wieder dem langweiligen Alltag nachgehen muss, ohne wirklich etwas zu erreichen?

Wir gehen einige Meter weiter und verlassen die Umgebung der Villa. Unsere Reise führt zu einem Waldweg, der nicht gerade breit aussieht. „Jens, wie schaffst du es, so viele Gedanken in mir auszulösen nur durch einen Satz? Ich kann das einfach nicht glauben. Ich stelle gerade so viel in meinem Leben infrage."

Jens sagt nur trocken: „Genau deswegen sind wir hier, damit du alles in Frage stellst, also alles, was du bis jetzt erlebt und gemacht hast. Und ja, es kann gut sein, dass dein Selbstbild, das du von dir hast, dir die ganze Zeit einreden will, dass das alles nicht stimmt, was ich dir erzähle. Aber mache dir eines bewusst, das ist ganz normal. Wir Menschen halten so an unserem Selbst fest, zumindest an dem Selbst, das wir glauben zu sein, dass es für manche Menschen einfach schwieriger ist, sich über solche Punkte bewusst zu werden. Ich will dich hier nur noch einmal daran erinnern: Was wäre, wenn das alles wahr ist, was ich sage?" Jens hat es mal wieder genau auf den Punkt getroffen. Denn ich merke schon die ganze Zeit, seit ich Jens getroffen habe, dass ein Teil in mir das alles nicht glauben kann. Dieser Teil von mir will, dass alles so bleibt wie bisher. Ich merke, wie mein Selbstbild versucht, immer wieder meine Gedanken zu beeinflussen, und sich weigert, das alles zu glauben. Es fühlt sich teilweise so an, als wäre ich mit mir selbst im Konflikt. Wobei mir diese Reise bis jetzt so viele einfache Dinge in die Hand gegeben hat. Nachdem ich das alles durchdacht habe, antworte ich: „Jens, ich tue so, als wäre das alles wahr und versuche nicht auf diese eine Stimme zu hören, die das alles nicht glauben will. Aber warum gibt es so viel Widerstand in mir? Gegen solche Veränderungen?"

„Ja John, das ist ganz einfach zu beantworten: Es handelt sich hierbei um dein Ego, das einen Widerstand aufbaut. Aber fürs Erste haben wir genug über Gedankengänge und Ego gesprochen. Ist dir schon einmal aufgefallen, dass sich das Wetter verbessert hat?" Das ist mir in dem Moment nicht klar gewesen. Deswegen wandert mein Blick hoch in den Himmel. Und tatsächlich, durch die Baumkronen hindurch sehe ich einige Sonnenstrahlen. „Das freut mich zu sehen", sage ich zu Jens.

Mittlerweile sind wir schon im tiefsten Wald. Zudem wird unser Weg immer steiler. Egal ob ich links oder rechts schaue, ich sehe nur Bäume. Von einem Berg ist weit und breit nichts mehr zu sehen. Aber ich mache mir keine Sorgen, dass wir es nicht schaffen werden, denn langsam vertraue ich Jens immer mehr und mehr. Nach einiger Zeit erblicke ich im Augenwinkel mächtige Felsbrocken rechts von mir, die sich zwischen den Bäumen befinden. „Was für eine Kraft diese Natur hat", denke ich mir. Ich blicke auf diese Lichtung mit den Felsbrocken, die durch einzelne Sonnenstrahlen erleuchtet werden. Generell liebe ich es, in der Natur zu sein, deshalb lasse ich diesen Moment kurz auf mich wirken. Ich schließe die Augen und vernehme eine leichte Brise, die an mir vorbei zieht. Dieser Duft des Waldes spendet mir Energie. Für einen Moment ist alles still, ich höre nur das Gezwitscher der Vögel. Ich fühle mich so frei wie noch nie in meinem Leben, denn ich bin weg von meiner Arbeit, meiner Heimatstadt und von allen Menschen und sorge mich nur um mich. Ich bin im Hier und Jetzt und lebe einfach. Warum mache ich solche Wanderungen nicht öfter? Andererseits habe ich keine Zeit dafür, ich stehe fünf Tage in der Woche im Studio, arbeite und finde keine Zeit mehr für etwas, das mich glücklich macht. An den Wochenenden will ich nur meine Ruhe haben und außerdem weiß ich nicht einmal, wo ich wandern gehen sollte. In meiner Umgebung gibt es nichts Aufregendes zu sehen. Nach einigen Sekunden kommt mir in den Sinn, dass das, was ich gerade gedacht habe, nicht wirklich stimmt. Natürlich kann ich bei mir zu Hause wandern gehen, ich habe mich bis jetzt nur nicht genug damit beschäftigt, um den richtigen Ort zu finden. Ich nehme mir ab jetzt fest vor, dass ich mindestens einmal im Monat solch eine Wanderung in meiner Heimatstadt unternehmen werde.

Das waren alles nur Ausreden, die ich mir eingeredet habe. Nur diesmal habe ich es früh genug erkannt und gegengesteuert.

ACHTZEHN

Jens und ich erreichen nach ein paar weiteren Minuten ein Plateau, eine offene Fläche mit Blick ins Tal. Dort erblicke ich wieder den Berg, den wir erklimmen wollen. Okay, das kann aber noch anstrengend werden, da der Berg noch kilometerweit von uns entfernt liegt. Jens sagt: „Das ist unser Zwischenziel." Hier hast du schon eine wunderschöne Aussicht auf das Tal und die Umgebung. Ich gehe bis zum Vorsprung des Felsen, damit ich eine bessere Sicht habe.

Die Aussicht ist einfach unglaublich. Ich sehe unsere Villa und das baumlose Tal im Hintergrund. Von hier oben merkt man erst, wie klein doch alles ist. Ich lasse einige Augenblicke vergehen. Ich merke, wie angenehm diese Ruhe ist, weit weg von all dem Lärm. Mittlerweile haben wir schon einige Höhenmeter zurückgelegt. Die Sonne strahlt mir ins Gesicht. Jens sagt kein Wort, ich vermute er weiß, wie ich mich gerade fühle. Ich drehe mich um und blicke ihn an. „Jens, diese Aussicht ist wunderschön." Vor ein paar Minuten war in meinem Kopf noch ein Gedankenchaos und jetzt ist alles viel ruhiger. Jens stellt sich neben mich und sagt: „Weißt du, ich nenne genau solche Augenblicke VGZ Momente." Ich bin etwas verwirrt, was er mit VGZ meint, doch dann erinnere ich mich daran, dass genau diese Buchstaben auf seinem Auto stehen. Diese Bedeutung von den Buchstaben ist mir bis jetzt unbekannt geblieben. Ich habe auch komplett vergessen, ihn danach zu fragen. Ich schaue Jens verwirrt an. Er muss meinen verwirrten Gesichtsausdruck bemerkt haben und klärt mich auf: „VGZ bedeutet nichts anderes als Vergangenheit/ Gegenwart/Zukunft. Aber das Besondere daran ist, dass wir in diesen VGZ-Momenten unsere Ängste der Vergangenheit und der Zukunft vergessen. Ich nenne es auch einen Moment der Klarheit, wo wir nur beobachten und wahrnehmen.

Wenn wir in solch einem Augenblick sind, gibt es keine anderen Gedanken, wir sind sozusagen nur im Hier und Jetzt. Jeder Mensch hat solche Momente schon erlebt, nur die wenigsten nehmen diesen Moment bewusst wahr." Jens blickt in die Ferne und macht eine kurze Pause. „Ich will dir hier eines mitgeben, wir brauchen Momente der Klarheit, denn stell dir vor, wir Menschen haben im Durchschnitt 80.000 bis 100.000 Gedanken am Tag. Deswegen braucht unser Gehirn immer wieder mal eine Pause." Ich lausche seinen Worten aufmerksam. 100.000 Gedanken am Tag. Kein Wunder, wenn unser Gehirn manchmal eine Pause braucht. Und weil ich daran denke, wird dieser Durchschnitt von 80.000 bis 100.000 Gedanken am Tag sicher bei mir erreicht. Ich schätze, ich hatte am heutigen Tag schon mehr als 100.000 Gedankengänge, von positiv bis negativ war alles dabei.

Nach einigen Minuten setzen wir unseren Weg fort. Je näher wir der Bergspitze kommen, desto kahler wird die Umgebung.

Die Zeit vergeht und wir kommen immer näher an unser Ziel. Ich merke aber, wie meine Waden anfangen zu brennen. Ich bin seit Ewigkeiten nicht mehr so weit gewandert und meine Beine sind definitiv nicht darauf vorbereitet gewesen. Das Schlimme daran ist, dass es nur bergauf geht. Mittlerweile tropft mir der Schweiß schon von der Stirn. Immer öfter muss ich kurze Pausen machen und einen Schluck Wasser trinken. Im Vergleich zu mir hüpft Jens richtig den Berg hoch. Während ich immer erschöpfter werde, wird er gefühlt immer schneller.

Die Sonne scheint immer flacher, was für mich ein Zeichen ist, dass es immer später wird. Doch ich kann jetzt nicht schlapp machen. Was würde nur Jens von mir denken. Mit diesen Gedanken gebe ich nochmal Vollgas. Zum Glück kann ich unser Ziel schon sehen, es liegt nicht mehr weit entfernt.

NEUNZEHN

In der Ferne sehe ich bereits einen kleinen braunen Fleck.
Das kann nur die Hütte sein, von der Jens mir erzählt hat.
Mein Körper reagiert sofort auf diese Aussicht und mobilisiert
nochmal alle Reserven. Ich beiße meine Zähne zusammen und
sehe immer klarer das Ziel vor Augen. Meine Beine schmerzen, aber ich versuche, dies so gut es geht zu ignorieren. Ich
will einfach nur zu dieser Hütte. Endlich! Ich kann es kaum
glauben, wir sind nur noch wenige Schritte von ihr entfernt.

Fast am Ziel angekommen fängt Jens an zu reden. „Hast du
es gerade gemerkt, John?" Ich bin sichtlich verwirrt und frage mich, was ich denn jetzt gemerkt haben sollte. Dass ich
nur so abtropfe oder meine Waden stark brennen, das kann
ja nur offensichtlich sein. Jens fährt fort. „Dieses Gefühl,
nur ein Ziel im Blick zu haben. Am Anfang scheint der Weg
schwer und wir machen uns oft Sorgen darüber, ob wir es
schaffen. Doch als wir angefangen haben, den Berg zu erklimmen, wurde es leichter. Wir haben sogar viele Momente
richtig genossen. Und wenn es darauf ankommt, muss man
bei den letzten Metern nochmal all seine Kraft zusammen-
nehmen. Doch eines kann ich dir sagen, es lohnt sich vollkommen." Jens hat recht, am Anfang machte ich mir ständig
Gedanken und wollte nicht wirklich so einen weiten Weg zu-
rücklegen. Doch als wir mittendrin waren, hat es tatsächlich
Spaß gemacht und ich konnte an vielen Stellen Kraft tanken.
Zusätzlich habe ich viele Erkenntnisse mitgenommen. „Ja,
genau! Der Anfang war schwer, aber währenddessen hat es
Spaß gemacht. Und sein Ziel zu erreichen ist ein unglaubli-
ches Gefühl." Jens nickt und gibt mir zu verstehen, dass ich
es richtig interpretiert habe. „Eine Sache noch", sagt Jens.
„Glaubst du, dass du dieses Prinzip nur auf unsere Wande-

rung anwenden kannst oder auch bei alltäglichen Herausforderungen?" Ich blicke Jens mit großen Augen an. Langsam beginne ich zu realisieren, was er damit meint. Warum sollte man dieses Prinzip nur bei Wanderungen anwenden? Wenn ich etwas in meinem Leben ändern will, dann kann ich das genauso gut im Alltag machen. Am Anfang scheint der Weg lang und schwer zu sein, doch wenn ich einmal anfange, meinen eigenen Weg zu gehen, wird es leichter. Spaß gehört genauso dazu, wie einmal erschöpft zu sein, aber am Ende zählt es, nochmal alles zu geben und mit voller Energie am Ziel anzukommen. „Ich verstehe es endlich. Ich kann das überall anwenden, doch wenn ich nicht den ersten Schritt mache, werde ich niemals an mein Ziel kommen." Jens' Körpersprache macht mir deutlich, dass er sehr zufrieden mit mir ist. Irgendwie fühle ich mich gerade richtig stolz. Gleichzeitig aber bin ich froh, dass Jens mich wertschätzt und mich so viele Dinge lehrt.

Mein Fokus richtet sich auf die Hütte und ich sehe, dass es sich um eine kleine, schon in die Jahre gekommene Holzhütte handelt. Hinter der Hütte gibt es eine Terrasse mit zwei Tischen und Bänken. Erschöpft steuere ich die nähere Bank an, da meine Beine mich sonst vermutlich aufgegeben hätten. Nicht weit vor mir befindet sich ein Vorsprung mit einer Sicht auf das ganze Land. Kurz verschnaufe ich, um wieder meine Energie aufladen zu können. Lange kann ich trotzdem nicht sitzen bleiben, weil diese Aussicht mich magisch anzieht. Nach meiner kurzen Verschnaufpause gehe ich zum Vorsprung nach vorne und bin überwältigt: Unsere Villa, die ich beim unteren Zwischenstopp noch gesehen habe, ist fast gänzlich verschwunden. Es ist nur noch ein kleiner Punkt zu erkennen. Als mein Blick ins Tal wandert, stelle ich fest, dass wirklich weit und breit nichts anderes mehr zu sehen ist außer der unberührten Natur. Keine Häuser oder irgendwelche Anzeichen von Leben sind zu sehen. Ich gehe einen Moment in mich, um zu realisieren, wo ich gerade ste-

he. Ich stehe auf einem Berg mit Blick in ein wunderschönes Tal in Schottland. Ich sehe, wie die Sonne dem Horizont
immer näher kommt. Auf dieser Reise habe ich wohl mein
komplettes Zeitgefühl verloren. Mein Handy habe ich auch
nicht bei mir, sonst könnte ich jetzt nachsehen, wie spät es
ist. Aber nach dem Stand der Sonne wird es schätzungsweise nach 19:00 Uhr sein. Wow, das heißt, wir haben innerhalb
von etwa vier Stunden diesen Berg bezwungen. Ich bin glücklich und fühle mich lebendig, ich verspüre den Drang, einfach mal richtig loszuschreien. Genau das mache ich auch, ich
nehme meine Hände, lege sie um meinen Mund, so als wolle
ich meinen Ruf verstärken. Dann nehme ich einmal tief Luft
und lass es nur so aus mir heraus:

„ICH BIN FREI!"

Nachdem ich in meinen Ruf viel Energie hineingesteckt
habe, wende ich mich Jens zu, der sich inzwischen hingesetzt
hat. „Das musste einfach sein." Jens grinst mich an, so als
würden wir uns schon ewig kennen. Ich verspüre eine tiefe
Dankbarkeit. Dieses Gefühl muss ich sofort in Worte umwan-
deln, also teile ich Jens mit, dass ich sehr dankbar bin, hier
zu sein. Jens setzt einfach sein Grinsen auf und antwortet:
„John, ich danke dir. Aber ich muss dir noch etwas erzählen.
Weißt du noch, du hast mich nach meinem früheren Leben
gefragt. Leider wurden wir letztes Mal unterbrochen, aber
jetzt würde ich dir gerne mehr erzählen." Ich bin Feuer und
Flamme Jens' Geschichte zu hören. Ich begebe mich sofort
zu den Sitzbänken und nehme neben Jens Platz. „Wir sind
das letzte Mal dabei stehen geblieben, dass wie bei dir ebenfalls eine Mail in meinem Postfach gelandet ist und anfangs
reagierte ich mit Entsetzen. Ich fragte mich natürlich, was
dies sollte und was es bedeuten könnte. Das war aber auch
gleich der Moment, an dem ich Patrick kennengelernt habe,
denn er hat mich eines Nachmittags einfach bei der Arbeit
aufgesucht und mich ganz unverhofft auf eine Reise eingeladen. Und ich glaube, du kannst dir denken, wohin diese

Reise gegangen ist. So lernte ich vor 5 Jahren das erste Mal Alex und Lilo kennen. Dort sah ich das erste Mal diesen Ort hier. Dieser Ort, dieser Berg und die Villa haben eine besondere Bedeutung für mich. Denn genau wie ich dich nun auf dieser Reise begleiten darf, hat mich Patrick auf diese Tour mitgenommen. Ich kann mich noch genau daran erinnern, wie ich hier das erste Mal stand. Ich habe auf dieser Tour all das von Patrick lernen dürfen, was ich dir jetzt beigebracht habe." Jens macht eine kurze Pause. „Und nach dieser Reise hat sich mein komplettes Leben zuhause verändert. Ich hatte auf einmal andere Gedanken und ich habe für mich gemerkt, dass mich nichts zurückhält außer ich selbst. Und als ich das schlussendlich verstanden habe, habe ich angefangen, die Dinge zu machen, die ich wirklich will. Denn der Tod schläft nicht und wer weiß, was morgen geschieht. Zwar wünsche ich niemandem sein Ende, doch irgendwann trifft es uns alle einmal. Damit will ich sagen, dass wir sterblich sind und unsere Zeit auf dieser Welt begrenzt ist. Aber genau deswegen finde ich es auch unnötig, es immer anderen recht zu machen. Klar, manchmal ist der Weg schwer und ungewiss, aber versuche, den Weg, den du gehst zu lieben."

Das hört sich in meinen Ohren einfach unglaublich an. Aber trotzdem drängen sich ein paar Fragen auf. „Wer ist denn dieser Patrick und warum hat er dich auf diese Reise eingeladen?" Jens antwortet sofort auf meine Fragen. „Patrick war ein Unternehmer, Anfang 50. Er hat sich über tausende Stunden mit dem GDA beschäftigt. Mit diesem Wissen hat er alles in seinem Leben umgesetzt, was er jemals wollte. Doch als ich ihn traf, ging es ihm nicht gut. Seine Zeit auf dieser Welt war begrenzt. Ein Tumor in seinem Kopf machte ihm das Leben sehr schwer. Er wusste, dass er nicht mehr viel Zeit haben würde, als ich mit ihm diese Wanderung unternommen habe. Laut Krankenakte waren es nur noch 3 Monate. Doch zu meiner Verwunderung war er deswegen nicht einmal traurig. Während unserer ganzen Reise war er voller

Freude, denn er hatte sein Leben gelebt und konnte glücklich auf dieses zurückblicken. Sein Antrieb und seine Motivation haben auf mich abgefärbt. In der kurzen Zeit, in der er mich viel gelehrt hatte, sind wir richtig gute Freunde geworden. Doch ich wusste, dass diese Freundschaft nicht lange anhalten würde." Ich merke, wie Jens Stimme immer unklarer und leiser wird. Auf mich wirkt es so, als ob ihm dieses Thema sehr zu schaffen macht, was ich auch vollkommen verstehen kann. Er hat einen sehr guten Freund verloren, der ihm geholfen hat, sein Leben ins Positive zu verändern.

„Tut mir sehr leid, was passiert ist. Du hast ihm sicher viel bedeutet." Er wendet sich mir zu, nickt und bedankt sich dafür. Wenn ich diese Worte so höre und genau durchdenke, wird mir eines bewusst: Niemand von uns kann wissen, wann unsere letzte Minute hier auf dieser Welt geschlagen hat. Also warum sollte ich in dieser begrenzten Zeit nicht das machen, was mir Freude bereitet? Für mich gesehen, weiß ich, dass sich in meinem Leben etwas drastisch ändern muss. Denn so, wie ich jetzt lebe, will ich nicht mehr weitermachen. Ich verschwende jeden Tag meine Lebenszeit, die ich nie wieder zurückbekomme, denn ZEIT ist das Einzige, das wir nicht beeinflussen können.

ZWANZIG

Nun da sitzen wir, einer, der sein Traumleben lebt und der andere, in dem Fall ich, der es noch nicht tut. Während ich die Sonne betrachte, fällt mir auf, dass meine Beine nicht mehr schmerzen. Mein Körper fühlt sich ruhig und entspannt an, so als würde er diesen Moment auskosten. Die Sonne erreicht mittlerweile schon den Horizont. Ich bestaune dieses wunderschöne Naturschauspiel. Die ganze Umgebung färbt sich in einen leichten Orangeton, auch das Gras, in dem ich sitze, verfärbt sich leicht. Jeder Sonnenstrahl, der auf mich trifft, erfüllt mich mit Wärme und Zufriedenheit. Wieso mache ich so etwas nicht öfter? Warum musste mir erst jemand solche Schönheit und Freiheit zeigen, ich hätte doch auch selbst darauf kommen können. Jetzt, in diesem Moment erscheint es mir logisch, öfter so etwas Vergleichbares zu machen. Vor ein paar Tagen hätte ich nicht einmal einen Gedanken dafür verschwendet. Mit diesen Überlegungen kommt eine Frage in mir auf, die ich gleich an Jens richte.

„Warum müssen uns manchmal andere Menschen so wundervolle Dinge zeigen oder lehren, obwohl wir oft selbst auf diese Idee hätten kommen können?"

„Das ist eine gute Frage, John. Meiner Ansicht nach sind wir zu stark in unserem Alltag gefangen. Unsere Gedanken drehen sich nur um unseren Job, unsere Familie und Freunde. Genau deswegen kommen die Persönlichkeit und auch Dinge, die uns guttun, oft zu kurz. Viele Menschen wissen zwar, was ihnen guttun würde, doch sie setzen es nicht um, weil sie nicht wissen, wie. Um genauer zu sein, viele trauen sich einfach nicht, den ersten Schritt zu machen." „Also meinst du, dass viele Menschen die Dinge nicht sehen können, obwohl sie vor ihren Augen sind?" Jens wartet kurz, bevor er mir antwortet. „Eigentlich ja, aber das hat auch einen Grund. Du erinnerst dich doch noch an die Buchstaben GDA. Wenn sich ein Mensch auf etwas Negatives fokussiert, ist dieser auf einer sogenannten niedrigeren Frequenz oder Schwingung, als jemand, der glücklich ist und seinen Traum lebt. Verstehst du, hierbei kann man es so betrachten, dass diese zwei Menschen auf einer gänzlich anderen Frequenz sind. Der Mensch, der sich auf negative Dinge konzentriert, kann vieles nicht wahrnehmen. Ich meine damit, wenn diese Person durch den Tag geht, sieht sie nicht die Möglichkeiten, die vor ihr liegen, da ihre Frequenz zu niedrig ist, um andere positive Situationen anzuziehen."

Ich höre natürlich mit voller Aufmerksamkeit Jens' Worten zu. Ich habe bestimmt schon etliche Möglichkeiten gehabt, etwas in meinem Leben zu verändern. Ich aber konnte diese nicht sehen oder wahrnehmen, weil ich in meinem Alltag gefangen war. Nachdem ich das ein wenig zusammengereimt habe, antworte ich. „Du hast recht, Jens. Ich bin so in meinem Alltag gefangen, dass ich bestimmt viele Möglichkeiten nicht ,empfangen' konnte." Nach diesen Worten herrscht wieder kurze Stille. Ich sehe, wie die Sonne schon fast gänzlich hinter dem Horizont verschwindet. „Ich nehme an, wir bleiben heute Nacht hier auf dieser Hütte, oder?" Jens nickt mir nur zu. Sehr schön, denke ich mir. Dann müssen wir heute nicht mehr zurückgehen. Das wäre auch sehr sonderbar gewesen, im Dunkeln einen so langen Marsch auf sich zu nehmen. Ich bin neugierig auf den Sonnenaufgang morgen früh. Diesen muss ich einfach sehen, aber dann fällt mir wieder ein, dass es gar nicht so leicht ist, da ich kein Handy dabei habe, um mir einen Wecker stellen zu können. Na ja, das wird schon irgendwie klappen. Was wohl der morgige Tag noch bereithält? Ich freue mich auch richtig darauf, Alex und Lilo wiederzusehen. Die beiden müssen sich ja auch einsam fühlen, so weit draußen im Nirgendwo. Aber ich schätze, sie sind es gewohnt und auf mich wirken sie so, als würde es ihnen eine Freude machen, dort zu leben. Es wäre doch toll, mit meiner zukünftigen Frau in irgendein abgelegenes Haus zu ziehen. Bei dieser Vorstellung wird mir warm ums Herz. Sofort muss ich an Lena denken. Wenn ich könnte, würde ich gerne mit Lena in diese Villa ziehen. Ich muss sie auf jeden Fall sofort nach einem Date fragen, wenn ich zurück bin. Mein Gefühl sagt mir nämlich, dass sie die Richtige ist. Mit dieser neuen Sichtweise, dass die Angst, die mich aufgehalten hat, nur in meinem Kopf ist, kann mich nichts mehr davon abbringen. Eine Frage stellt keine Gefahr dar, Angst existiert nur in meinem Kopf. Mir wird bewusst, dass ich bei meiner Arbeit auch etwas verändern sollte. Nur was? Ich bin Fitnesstrainer, ich könnte das doch auch selbstständig machen. Ich würde bestimmt Personen finden, die Interesse haben, Sport zu betreiben und sich von mir beraten zu lassen. Zudem wäre ich dann auch mein eigener Chef. Nur, wie mache ich mich erfolgreich selbstständig? Tja, das ist eine gute Frage. Ich habe keine Erfahrung in diesem Bereich. Schon der Gedanke daran löst in mir ein mulmiges Gefühl aus.

Nachdem ich all diese Gedanken einmal durchgegangen bin, komme ich wieder zurück in die Realität. Nun ist die Sonne schon komplett hinter dem Horizont verschwunden. „Krass, wie die Zeit vergeht", murmle ich vor mich hin. Dieser heutige Tag ist verflogen wie kein anderer. Ich hatte die Zeit voll vergessen und das erste Mal das Gefühl, als würde ich etwas richtig machen. Ich kann mir gerade gar nicht mehr vorstellen, in mein altes Leben zurückzukehren. Am liebsten würde ich noch Monate hierbleiben, um Neues zu lernen, aber das kann ich leider nicht.

Ich merke, wie Jens aufsteht und sein Blick in Richtung der Hütte geht. Im nächsten Moment sagt er: „Ich mache uns ein Feuer an, damit wir in der Nacht nicht frieren müssen, denn die Nächte können sehr kalt sein." Ich zeige ihm einen Daumen hoch und sage: „Ich komme auch gleich, ich bleibe nur noch kurz im Freien, hier kann ich meine Gedanken besser sortieren."

„Lass dir Zeit", meint Jens und verschwindet in der Hütte. Es wird immer dunkler und der Wind beginnt stärker zu werden. Zwar sitze ich immer noch auf der Holzbank, allerdings sind meine Gedanken längst im Paradies. Bei Lena. Sie und ich, wie wir Hand in Hand über verschiedenste Berge wandern. Langsam kann ich es kaum mehr erwarten, sie zu fragen, ob sie mit mir essen gehen will.

Letztendlich wird mir aber kalt, was mich dazu veranlasst, aufzustehen und in die Hütte zu gehen. Dabei merke ich, dass ich gar nicht weiß, wie es darin aussieht. Ich mache mich auf den Weg zur hölzernen Eingangstür. Das Innere der Hütte wirkt nicht gerade modern oder schick, nur 2 kleine Betten befinden sich darin. Von Polster und Decke fehlt sowieso jede Spur. Neben den Betten befindet sich ein kleiner quadratischer Tisch mit 2 Stühlen. Gegenüber befindet sich eine Feuerstelle, wo Jens mittlerweile schon ein Feuer gemacht hat. Die Wärme breitet sich langsam in der Hütte aus und fühlt sich richtig gemütlich an. Als Nächstes nehme ich meinen Rucksack von meinen Schultern und stelle ihn neben einen Stuhl. Mein Magen beginnt zu knurren, aber ich bin mir fast schon sicher, dass wir nichts zu essen dabei haben. Ich schaue in meinen Rucksack und finde wie erwartet nichts darin. Ich drehe mich in Jens' Richtung. „Hast du eine Kleinigkeit zu essen dabei?" Er antwortet wie erwartet mit einem Augenzwinkern: „Nein John, zu essen habe ich nichts dabei, aber mach dir keine Sorgen, verhungern werden wir schon nicht."

„Wie oft warst du eigentlich schon hier auf dieser Hütte?", frage ich Jens.

„In den letzten 5 Jahren war ich fast jeden Monat einmal hier, weil ich so oft wie möglich meine Energie hier aufladen will. Dieser Ort hier in Schottland ist für mich zum Erholen, wo ich meine Gedanken sortieren kann und wieder mit mehr Klarheit als zuvor zurückgehe." „Hast du eine Familie?", hake ich nach.

„In der Tat, das habe ich. Ich habe eine wunderbare Frau mit zwei Töchtern und sie wissen, warum dieser Ort so eine wichtige Bedeutung für mich hat. In Zukunft vielleicht auch für dich, denn du bist die erste Person, die ich hierher mitnehme. Meine letzten Ausflüge hierher habe ich alleine unternommen."

Unglaublich! Jens hat mich hierher mitgenommen, obwohl er tausend andere Menschen hätte fragen können. Aber warum fragte er genau mich? Genau das frage ich Jens im nächsten Moment. Dieser schaut etwas verwirrt, antwortet aber gleich darauf: „John, du hast das Zeug dazu, andere Menschenleben zum Besseren zu ändern. Mal abgesehen davon, dass wir den Großteil unserer Gedanken darauf konzentrieren, wie wir unsere eigene Situation verbessern können, haben wir auch die Möglichkeit, anderen bei ihren Herausforderungen zu helfen. All diese Sachen, die ich dir bis jetzt gelernt habe, kannst du benutzen. Du musst es nicht, doch ich weiß, wenn du sie verinnerlichst und alles begreifst, wirst du einmal vielen anderen Menschen helfen und ihr Leben zum Besseren wenden. Sozusagen trägst du es weiter. So wie ich es an dich weitergegeben habe, wirst du es irgendwann auch einmal machen. Das mag zwar vielleicht nicht hier bei Alex und Lilo sein oder auch nicht in Schottland, denn du kannst deine Erkenntnisse überall auf der Welt weitergeben. Du brauchst nur einen Punkt, mit dem du etwas verbindest. Für mich ist es dieser Ort. Du musst diesen Punkt in deinem Leben noch finden. Geh einfach deinen Weg, der für dich bestimmt ist und achte, worauf du deine Gedanken lenkst, und dir werden sich Möglichkeiten auftun, wo du vorher keine gesehen hast. Und bedenke immer:

Liebe den Weg und liebe den Prozess.

Wenn du den Weg und den Prozess liebst, dann hast du jeden Tag die Kraft, Dinge zu tun, die gemacht werden müssen. Du wirst nicht traurig oder begibst dich auf eine niedrige Frequenz, wenn du den Weg liebst und jeden Schritt genießt.

Genauso ist es mit dem Prozess, liebe ihn. Klar, du wirst dich verändern. Wahrscheinlich werden es deine Mitmenschen auch merken, aber bedenke, dass das etwas Gutes ist. Baue eine Liebe dazu auf, denn eine Veränderung ist unausweichlich, wenn du einen Weg gehen möchtest, den du auch mit ganzem Herzen liebst."

Jens überrascht mich immer wieder mit seiner Fähigkeit, aus einer einfachen Frage eine tiefgehende Lektion zu machen. Nun gut, ich stelle mich der Frage: Habe ich gerade eine Liebe zu meinem Weg? Zum jetzigen Zeitpunkt würde ich verneinen. Wenn ich jetzt allerdings einen neuen, für mich richtigen Weg einschlage, habe ich vielleicht die Chance, eine Liebe zu ihm aufzubauen. „Nur woher weiß ich, welcher Weg der richtige für mich ist?" „Natürlich, es ist ganz einfach! Es ist dieser Antrieb, eine Idee einfach umzusetzen. Ich denke, es ist dieses eine Bauchgefühl, was jeder Mensch sicher schon mal gefühlt hat, aber nur die wenigsten wirklich umsetzen. Sie haben Angst, den ersten Schritt zu machen, wobei diese Angst ja völlig unbegründet ist."

Nachdem sich mein Gedankenchaos ein wenig beruhigt hat, sage ich zu Jens: „Wie schaffst du das immer wieder, dass du eine normale Frage so stark umbauen kannst, dass ich daraus lernen kann? Ich bin echt fasziniert." Jens setzt wieder sein sympathisches Lächeln auf und meint nur: „Ich versuche einfach, einen gewissen Mehrwert zu bieten für die Personen, mit denen ich rede. Ich könnte auf viele Fragen einfach normal antworten. Doch dann hätten die anderen Menschen nicht viel davon. Verstehst du, ich versuche einfach, mit simplen Worten dir etwas beizubringen, denn ich glaube daran, dass du viele dieser Worte, die ich dir gesagt habe, selber umsetzen wirst." „Verstehe", antworte ich darauf. Wow, ich bin echt begeistert von seiner Einstellung, einfach nur mit Worten einen Mehrwert zu bieten. Ich bin der Überzeugung, dass ich das auch machen werde, wenn ich wieder zuhause in meiner gewohnten Umgebung bin. Glücklich und zufrieden lehne ich mich in meinem Stuhl zurück. Ich überlege noch ein paar Minuten, was ich alles machen könnte, wenn ich wieder zu Hause bin. Irgendwann wandert mein Blick zum Feuer, das vor mir lodert.

EINUNDZWANZIG

Feuer, so schön und so zerstörerisch zugleich. Plötzlich habe ich eine Idee. Ich könnte meine negative Energie ins Feuer werfen, zumindest in Gedanken. So kann ich mich von all dem Schlechten lösen und endlich einen Neuanfang wagen, wenn ich nach Hause zurückgekehrt bin. Ich lasse einige Momente vergehen und filtere all meine schlechten Gedanken, die ich gleich darauf ins Feuer werfe. Durch die zwei kleinen Fenster, die diese Hütte hat, merke ich, dass es draußen schon ganz dunkel ist. In der Hütte ist es aber auch nicht besonders hell, da die einzige Lichtquelle das Feuer vor uns ist. Von Deckenlampen sowie Strom fehlt jede Spur. Wir sind ja auch im Nirgendwo. Wenn ich hier einen Unfall beim Abstieg des Berges hätte, würden wir nicht einmal Hilfe erreichen, da es hier sicher keinen Empfang gibt, und außerdem haben wir die Handys sowieso bei Alex und Lilo gelassen. Tja, morgen wird schon alles gut gehen. Heute war die Wanderung auch nicht gefährlich, geschweige denn, dass ich heute in irgendeiner Weise Lebensangst hatte. Nur eine Sache ist mir noch unklar, und zwar wie lange wir eigentlich hierbleiben in der Villa. Jens hat noch kein Wort darüber verloren. Aber ich muss auch gestehen, dass ich ihn noch nie danach gefragt habe. Jens hat mittlerweile auch auf einem Stuhl Platz genommen und starrt nachdenklich auf das lodernde Feuer.

„Jens, wie lange bleiben wir eigentlich in Schottland? Ich kann mir gar nicht vorstellen, wie lange unser Ausflug noch dauert." Jens schaut mich mit leicht grinsender Miene an und meint nur: „Das hängt ganz von dir ab. Wir bleiben so lange, bis du dich bereit fühlst, wieder zu gehen. Wenn das schon morgen ist, dann reisen wir morgen ab. Auch wenn es erst in 3 oder 4 Tagen ist, dann ist es so. Lass dir ruhig

Zeit." Ich hätte mit vielem gerechnet, aber nicht mit solch einer Antwort.

„Aber wann bin ich bereit oder wie erkenne ich es?" Es sieht so aus, als ob Jens nur auf diese Frage gewartet hat.

„Du wirst wissen, wann es so weit ist."

Na großartig, das hilft mir auch nicht viel weiter. „Okay", murmle ich, um nicht unhöflich zu sein. Ich weiß jetzt noch immer nicht, worauf ich warten soll oder was ich finden muss, um bereit zu sein, wieder nach Hause zu reisen. Vielleicht, wenn ich alles verstanden habe, was Jens mir beibringen will? Ja, das kann sein. Ich muss nur Vertrauen haben und die Dinge werden sich zum Guten wenden. Ich muss nur meinen Fokus auf die positiven Dinge richten. Wenn ich konzentriert bleibe und meine Gedanken sammle, dann habe ich alles, um zu Hause wieder glücklich sein zu können. Nur bis es so weit ist, gedulde ich mich. Es wäre doch schade, wenn ich zu früh wieder zurückkreise, da ich mich hier selbstsicher fühle, und das will ich nicht so schnell aufgeben.

All diese Gedankensprünge haben mich spürbar ermüdet. Ich habe keine Ahnung, wie spät es ist, aber da es draußen schon längst stockdunkel ist, beschließe ich, schlafen zu gehen. Wie viele Gedanken ich wohl heute hatte. Ich würde sicher schätzen, dass es 120.000 waren oder mehr. Ich schaue mit meinem verschlafenen Blick zu Jens hinüber und Teile ihm mit: „Ich werde nun schlafen gehen, der heutige Tag hat mich mehr mitgenommen als gedacht und ich brauche eine Erholung."

„Das ist eine gute Idee, lassen wir es für heute", sagt Jens. Ich gehe zu meinem kleinen Bett, ohne Decke oder Polster, aber das ist mir in diesem Moment völlig egal. Es braucht nicht lange, bis sich meine Gedanken beruhigt haben und nur wenige Minuten später falle ich in einen tiefen, traumlosen Schlaf.

ZWEIUNDZWANZIG

Die Nacht verfliegt und als ich aufwache, scheinen schon die ersten Sonnenstrahlen herein. Leise setze ich mich im Bett auf, um Jens nicht zu wecken, und spähe zu seinem Bett hinüber. Gleich darauf fällt mir auf, dass Jens nicht zu sehen ist. Vielleicht ist er schon aufgestanden und sitzt bereits vor der Hütte. Ich kann mir auch gut vorstellen, dass er den Sonnenaufgang betrachtet hat, den ich, wie vermutet, verschlafen habe, obwohl ich ihn gern gesehen hätte. Na ja, ist doch auch egal, ich sehe in meinem Leben bestimmt noch genug davon. Als ich aus dem Bett steigen möchte, merke ich, wie schwer sich meine Beine anfühlen. Die Schwere wird begleitet von einem leichten Schmerz. Um mich nicht mehr als nötig bewegen zu müssen, greife ich langsam zu den Schuhen, die am Bettende stehen und ziehe sie an. Danach blicke ich mich nochmal kurz um und überprüfe, ob ich Jens' Rucksack, Jacke oder irgendetwas von ihm finde. Leider vergebens, denn ich sehe keine Anzeichen von ihm. Er wird vermutlich bei den Holzbänken auf mich warten. Da die Sonne schon voller Pracht scheint, bin ich der festen Überzeugung, dass heute ein schöner Tag wird. Die Uhrzeit kann ich gerade überhaupt nicht einschätzen, aber das ist mir in dem Moment auch egal. Ich schnappe mir meinen Rucksack, werfe ihn über die Schulter und steuere mit festen Schritten die dunkelbraune Holztür an. Schon als ich die Tür einen Spalt aufschiebe, strahlt sofort die Sonne herein. Der Himmel erstreckt sich in einem tiefen Blau, während einzelne Wolken das Bild verschönern.

Von Jens gibt es noch immer keine Spur. Deswegen schlendere ich auf die Holzbänke zu, die hinter der Hütte stehen. Als ich um die Ecke blicke, bleibe ich abrupt stehen. „Was ist jetzt los?", flüstere ich. Keine Spur von Jens, auch weiter vorne ist nichts von ihm zu sehen. Vielleicht holt er Holz, oder sowas in der Art. So etwas würde ich Jens auf jeden Fall zutrauen. Es kann auch sein, dass er einen kleinen Spaziergang macht. Ich warte einfach noch ein bisschen, Jens kommt bestimmt gleich wieder. Mich fesselt sowieso gerade der Anblick ins Tal. Diese Aussicht ist einfach so unbeschreiblich schön. Deswegen gehe ich, ohne auch nur viel darüber nachzudenken, zum Vorsprung. Ein Meter vor mir ist der Abgrund, der so tief ist, dass ich es nicht einmal einschätzen könnte, wie hoch es hier runtergeht. Ich richte meine Aufmerksamkeit wieder auf die Landschaft, die vor mir liegt. Die Aussicht ist genau so hinreißend wie gestern Abend, nur dass jetzt die Umgebung, dank der Sonne, noch mehr erstrahlt. Ich versuche, die Villa im Tal zu erblicken, doch gleich wie gestern fällt es mir nicht leicht, da sie doch sehr weit entfernt liegt. Ich sehe nur einen kleinen Punkt. Die Sekunden vergehen und ich merke, dass ich mich richtig entspannt fühle. Im Moment bin ich die Ruhe selbst. Ich stehe noch ein paar Minuten hier und genieße die schöne Zeit.

DREIUNDZWANZIG

Doch kurze Zeit später kommt mir wieder Jens in den Sinn und die Ruhe ist vorbei. Wo ist er nur hin? Er muss sich doch hier in der Nähe befinden, er würde mich doch nie hier alleine lassen. Oder etwa doch? Nein, das traue ich ihm auf gar keinen Fall zu. Was hätte er davon? Aber war ja klar, dass irgendetwas an dieser Sache seltsam sein muss, oder? Bei den letzten Worten merke ich, wie sich mein innerer Kritiker wieder zu Wort meldet und versucht, diese ganze Situation schlecht zu machen.

„Du bist nur ein Gedanke in meinem Kopf und ich habe die volle Macht, woran ich denke und worauf ich meinen Fokus lenke", sage ich laut zu mir selbst. Ich muss mir wirklich etwas einfallen lassen, um Jens zu finden. Genau deswegen drehe ich mich um und scanne nochmal die Gegend durch. Vielleicht finde ich irgendwo Anzeichen, wohin er ist. Allerdings sehe ich nur eine Wiese, ein paar Bänke und diese Hütte. Nachdem ich wie ein Verrückter eine Runde um die Hütte gemacht habe, schaue ich nochmal in den Wohnbereich, es könnte ja sein, dass ich am Morgen etwas übersehen habe. Doch auch drinnen finde ich nichts weiter als die Dinge, die sowieso hier sind. Nach kurzer Zeit setze ich mich ein wenig verzweifelt auf die Holzbank. Ich versuche, für sein Verschwinden eine logische Erklärung zu finden. Soll ich allein zurückgehen? Aber was ist, wenn Jens gleich um die Ecke kommt und nur Holz für die Feuerstelle gesucht hat. Hoffentlich hat er sich nicht irgendwo verletzt. Was soll ich denn nun machen? Gerade würde mir ein Handy wirklich viel helfen.

Fakt ist jedoch, dass ich hier gerade alleine bin und den Weg zurück mit hoher Wahrscheinlichkeit auch alleine finden könnte. Das ist schon mal gut. Ich könnte theoretisch einfach zurückgehen, weil Jens mich in der Villa bestimmt suchen wird. Alex und Lilo wissen zu 100 Prozent, wo er sich befindet. Nachdem ich die Fakten durchgegangen bin, habe ich mich dazu entschlossen, zur Villa alleine zurückzukehren. Allerdings warte ich noch ein paar Minuten, denn meine Hoffnung, dass Jens gleich um die Ecke kommt, ist noch nicht ganz verschwunden.

Die Minuten vergehen und ein kleiner Teil in mir kann nicht fassen, was hier gerade passiert. Gestern hatten wir echt Spaß und jetzt ist er einfach verschwunden. Langsam greife ich nach meinem Rucksack und hänge ihn mir auf die Schultern und im nächsten Moment setze ich den ersten Schritt Richtung Villa.

VIERUNDZWANZIG

Mittlerweile habe ich bestimmt schon zwei Kilometer zurückgelegt. Ich bleibe stehen und schaue zur Hütte, die bereits nicht mehr allzu gut zu erkennen ist. Schritt für Schritt gehe ich weiter nach unten. Im Vergleich zum Aufstieg ist der Abstieg ein Traum. Plötzlich kommt mir ein anderes Thema in den Sinn. Stimmt das denn wirklich, dass der Aufstieg schwieriger ist als der Abstieg? Im Zusammenhang mit dem Berg stimmt das, aber wenn ich selbstständig werden will oder meine Traumfrau finden möchte, ist es dann wirklich schwieriger, das zu erreichen und leichter das Ganze wieder zu verlieren? Wer sagt denn, dass das eine schwieriger ist als das andere. Genauer betrachtet bin der Einzige, der das sagt, ich selbst.

Jeder Mensch erschafft sich zu jedem Zeitpunkt seine eigene Realität, deswegen hat jeder Mensch auch zu jedem Zeitpunkt recht!

Also so betrachtet habe ich dann immer recht. Und wenn ich daran denke, dass etwas schwerer ist als das andere, wird es für mich auch so sein. Eigentlich ganz logisch. Ich bin gerade selbst von mir überrascht, welche Gedankengänge Jens in mir auslöst, aber ich denke, genau das wollte er mir vermitteln. Was wäre denn, wenn der Aufstieg gar nicht schwer ist? Warum sollte ich mir dann die Chance entgehen lassen, Lena zu fragen oder mich selbstständig zu machen. Es gibt eigentlich keinen Grund zu denken, dass diese Dinge schwer sind. Ich kann nicht davon ausgehen, dass es schwer ist, wenn ich es noch nicht einmal versucht habe. Das Ganze spielt sich nur in meinem Kopf ab, sodass ich dadurch stark beeinflusst werde. Rein theoretisch könnte ich mit diesem Gedankengang alles erreichen, denn genauer betrachtet ist das Einzige, was mich abhält, nur der GEDANKE in meinem Kopf. Diese Erkenntnis hat mich wirklich weitergebracht.

FÜNFUNDZWANZIG

Inzwischen habe ich schon fast die Hälfte des Weges zurückgelegt. Wahnsinn, wie viel schneller man ist, wenn man nur bergab geht. Mit jeder Sekunde werde ich gespannter, ob ich Jens in der Villa antreffe. Wenn er so viel früher gegangen ist als ich, dann müsste er bestimmt schon dort sein. Böse bin ich ihm trotzdem nicht, dass er einfach verschwunden ist. Wie könnte ich denn nur. Alles, was er mir gezeigt hat, ist einfach unbezahlbar. Seine Anschauung auf die Welt ist wirklich unglaublich und wenn ich in Zukunft versuche, ebenfalls solche Gedankengänge aufzubauen wie er, werden mir bestimmt einige Situationen leichter erscheinen.

Mit jedem Schritt, den ich gehe, komme ich immer weiter nach unten. Zum Glück habe ich mir ein paar Plätze gemerkt, die mich wissen lassen, dass ich auf dem richtigen Weg bin. Einige Zeit später komme ich wieder bei diesem Plateau an, das mich schon beim Aufstieg so fasziniert hat. Ich beschließe, hier eine kurze Pause zu machen und wieder Kraft zu tanken. Also gehe ich hinüber und lasse mich ins Gras fallen. Ich packe meine Wasserflasche aus und nehme einen großen Schluck daraus. Mein Ziel, die Villa, rückt immer näher. Von dieser Position aus kann ich sie schon gut sehen. Schätzungsweise werde ich noch ungefähr eineinhalb Stunden brauchen, aber ganz sicher bin ich mir nicht, denn ohne Uhrzeit ist das doch ziemlich schwierig einzuschätzen. Dennoch hat es auch Vorteile. Ich habe weder Zeitdruck, noch Termine und somit kann ich den Tag einfach vergehen lassen. Im Alltag weiß ich eigentlich immer, wie spät es ist, da jeder meiner Tage durchgeplant und strukturiert ist. Ein Knurren im Magen reißt mich aus meinen Gedanken. Wie gut wäre jetzt eine heiße Suppe. Dieses Gefühl von Hunger verspüre ich eigentlich sehr selten, da ich während meiner Arbeit im-

mer fixe Essenszeiten habe. Je mehr Gedanken ich über Essen verliere, desto hungriger werde ich. Also packe ich meine Wasserflasche wieder in den Rucksack und marschiere weiter.

Einige Zeit später merke ich, wie es immer flacher wird. Ein Zeichen dafür, dass ich am Fuße des Berges angekommen bin. Dennoch tropft mir der Schweiß schon seit einiger Zeit von der Stirn. Jetzt, da ich es fast geschafft habe, kann ich sagen, dass doch beide Wanderungen anstrengend waren. Obwohl mein Herz rast und ich meinen Herzschlag im ganzen Körper wahrnehme, ist es für mich ein echtes Erlebnis gewesen. Mit jedem Schritt komme ich meinem Ziel näher. Manche Schritte waren schwerer als andere, aber im Großen und Ganzen hat es mir richtig Spaß gemacht. *Liebe den Weg,* das würde Jens sagen. Ich merke, wie ich leicht zu schmunzeln beginne. Wie gut ich ihn in den paar Tagen kennengelernt habe. Ich werde aus meinen Gedanken gerissen, als mir klar wird, dass ich bereits im Wald angekommen bin. Nun kann ich es kaum mehr erwarten, die anderen in der Villa zu begrüßen. Kurze Zeit später kann ich durch die Bäume hindurch die Villa sehen. Helle Sonnenstrahlen werden durch die kahlen Bäume gestrahlt, was die Umgebung glänzen lässt.

Ich höre leise die Vögel zwitschern, die zusammen einen wundervollen, harmonischen Gesang bilden. Langsam macht sich ein freudiges Gefühl in meinem Bauch bemerkbar. Bin ich etwa aufgeregt, die anderen zu sehen? Ich gehe über die grüne Wiese und lasse die weichen Gräser durch meine Fingerspitzen gleiten. Als ich auf die Forststraße trete, wird mir bewusst, dass das genau der Platz ist, wo alles angefangen hat. Hier hat mich der Taxifahrer abgesetzt. Mit großen Schritten nähere ich mich der großen Holztür der Villa. Heute fühlen sich die Schritte viel besser, einfacher an und das, nur weil ich einen Berg bezwungen habe? Könnte es sein, dass das Leben genau so funktioniert? Wenn ich einmal einen imaginären Berg bestiegen habe, wird mir der erste Schritt zum nächsten Ziel viel einfacher fallen. Zwar war das jetzt ein echter Berg, aber nun wird mir klar: Wenn ich in meinem Leben etwas Großes geschafft habe, werden die nächsten Schritte viel einfacher.

SECHSUNDZWANZIG

Energiegeladen öffne ich die schwere Holztür. Als ich den Fuß ins Gebäude setze, fühlt es sich wie Zuhause an. Mein Blick bleibt bei der Esszimmertür hängen und ich frage mich, ob Jens bereits eine Mahlzeit in sich hineinschaufelt. Also schlendere ich zur Tür und schaue in den Speisesaal, aber niemand ist zu sehen. „Wo sind denn alle?", murmle ich leise. Schließlich schaue ich noch in der Bücherei nach, ob sich dort jemand befindet, aber als ich die Tür öffnen möchte, merke ich, dass sie abgesperrt ist. Seltsam. Soll ich nach Alex und Lilo rufen? Ich gehe verwirrt zum Eingang zurück und steuere den Holztisch an, um eine Klingel oder Ähnliches zu finden, um auf mich aufmerksam zu machen. Nach genauerem Hinsehen finde ich eine kleine schwarze Glocke. Ich hebe meine Hand und drücke auf den Knopf. Die Sekunden vergehen, schließlich höre ich Geräusche. Im nächsten Moment kommt Alex aus einer Tür auf der linken Seite. Er hat ein Lächeln auf dem Gesicht, als er auf mich zukommt.

„Hey Alex, schön dich zu sehen. Einen Moment lang dachte ich, dass niemand hier ist. Nun bin ich froh, dich zu sehen", beginne ich das Gespräch.

„Gleichfalls, John. Wo treibt sich Jens herum?", fragt Alex mit einem fragenden Blick.

„Ich weiß es nicht. Genau deswegen wollte ich mit dir sprechen, er war heute Morgen einfach verschwunden. Ich kann mir das nicht erklären. Wir haben gestern Abend noch viel diskutiert. Danach bin ich schlafen gegangen und am nächsten Morgen war er einfach verschwunden. Macht er das denn öfter?" Ich hätte Jens ganz anders eingeschätzt. Ich dachte, er ist jemand, dem ich vertrauen kann.

„Jens hat dafür bestimmt einen Grund gehabt, sonst würde er dich nicht alleine lassen. Du musst wissen, dass Jens viel unterwegs ist und sich sein Weg von einer Sekunde auf die andere ändern kann. So habe ich ihn zumindest kennengelernt. Schon bei seinem ersten Besuch hier machte er einen sehr geheimnisvollen Eindruck."

„Aber was gibt es jetzt Wichtigeres zu tun?" Ein Teil in mir kann nicht einsehen, wie er mich dort zurücklassen konnte. „John, bleib ruhig. Eines kann ich dir mit Sicherheit sagen: Jens wird sich bestimmt bald bei dir melden. Du hast nicht das letzte Mal von ihm gehört. Wenn du möchtest, kannst du gerne so lange hier bei uns bleiben." Ich drücke meine Dankbarkeit aus, indem ich ein großes Lächeln aufsetze. „Vielen Dank, Alex, dass ich noch hier bleiben darf, aber wie lange genau? Ich kann doch nicht noch eine Woche hier verbringen?" Außerdem wird es bestimmt sehr teuer werden, füge ich in Gedanken hinzu.

„Wie gesagt, du kannst so lange hierbleiben, bis du dich wieder bereit fühlst, um aufzubrechen. Außerdem gibt es hier bestimmt noch einige interessante Bücher zu lesen, natürlich nur wenn du das auch möchtest."

„Klar, gerne", antworte ich und bedanke mich für seine Großzügigkeit.

Nach dem Gespräch, das mir einige Erkenntnisse gebracht hat, bitte ich Alex, ob ich etwas zu essen bekommen könnte. „Natürlich, John. In der Zwischenzeit kannst du es dir im Speisesaal schon einmal bequem machen und dich ein wenig ausruhen." Das sind genau die Worte, die ich hören wollte und ohne zu zögern bewege ich mich in Richtung des Esszimmers. Es fühlt sich einfach vertraut an, hier zu sein. Langsam, aber sicher wächst mir diese Villa ans Herz. Ich nehme erschöpft auf dem gleichen Tisch wie gestern Platz und stelle meinen Rucksack daneben hin. Es ist so unglaublich bequem hier. Kurz schließe ich die Augen und genieße die Ruhe, doch gleich darauf kommt mir wieder Jens in den Sinn. Das liegt wahrscheinlich daran, dass er gestern auch noch hier war und ich seine Gegenwart wirklich bereichernd fand. Aber nichtsdestotrotz mache ich jetzt einfach alleine weiter. Alex hatte etwas von vielen Büchern erwähnt. Das müsste doch der Raum um die Ecke sein mit dem riesigen Bücherregal. Ich frage mich, ob Alex die ganzen Bücher bereits gelesen hat. Für mich ist diese Vorstellung einfach unbegreiflich, da ich selbst erst ungefähr 10 Bücher geschafft habe, was ich aber auch schade finde, denn Bücher vermitteln viel Wissen. Ich nehme mir vor, in nächster Zeit mehr Bücher zu lesen. Im selben Moment nehme ich wahr, wie jemand immer näher kommt. Wahrscheinlich Lilo mit dem Essen. Um nachzusehen hebe ich den Kopf.

SIEBENUNDZWANZIG

Doch es handelt sich um Alex, der ein Buch in der Hand hat und auf mich zusteuert. Er hat dasselbe Grinsen im Gesicht wie vorhin. Neugierig sitze ich da und warte, bis Alex am Tisch angekommen ist. Er stellt sich neben mich und hält mir ein Buch vor die Nase. Ich werfe sofort einen Blick auf den Titel:

Die Wahrheit über deine Identität.

Nachdem ich diese Worte gelesen habe, merke ich, dass ich damit nichts verbinden kann. Alex blickt mich noch immer an und sagt: „Jens wollte, dass du dieses Buch bekommst. Er hat es mir gestern vor eurem Aufbruch gegeben. Er sagte auch, dass du dieses Buch nutzen sollst, wenn du einmal nicht weiter weißt. Es enthält einige wichtige Erkenntnisse über unsere eigene Identität."

Was beinhaltet es wohl? Alex nimmt vermutlich wahr, dass ich fasziniert bin, und zieht sich deshalb zurück. Einige Kratzer auf der Vorderseite sowie Eselsohren an manchen Seiten machen den Anschein, als hätte das Buch schon ein paar Jahre hinter sich. Voller Neugier drehe ich es um, damit ich die Zusammenfassung auf der Rückseite lesen kann. Doch zu meinem Erstaunen ist die Rückseite vollkommen leer, bis auf einen Satz, der klein auf das untere Ende des Buches gekritzelt wurde.

Wenn du das hier liest, wird deine Identität brüchig werden.

Ich habe mit vielem gerechnet, aber definitiv nicht mit solch einer Aussage. Wieso sollte meine Identität brüchig werden? Für mich ist dieser Satz noch komplett unverständlich. Aber ich bin aufgeschlossen und weiß, dass Jens immer einen Mehrwert bieten will. Mein Gefühl sagt mir, dass Jens dieses Buch schon oft gelesen hat, die Gebrauchsspuren sprechen für sich. Nach einer Weile kommt Lilo auf mich zu und stellt die Suppe und das Hauptgericht auf den Tisch. So schnell wie sie gekommen ist, geht sie auch wieder. Durch den Geruch des Essens beginnt mein Magen zu knurren. Deshalb schaufle ich mir eine große Portion auf den Teller und starte mit dem Essen. Nachdem ich alles aufgegessen habe und mich pudelwohl fühle, lehne ich mich nach hinten und blicke aus dem großen Fenster neben mir. Unglaublich, dass ich heute Morgen noch auf dem Gipfel war. Es fühlt sich an, als wäre die Zeit verflogen und all die Zweifel und Unsicherheiten, die ich noch heute Morgen hatte, haben sich in Luft aufgelöst. Mein Blick geht langsam zum Taschenbuch, das ich mit der Vorderseite auf den Tisch gelegt habe. Als ich das Buch ansehe, stockt mir der Atem, denn die Worte, die ich vorher auf der Rückseite gelesen habe, sind nicht mehr dieselben. Sie haben sich verändert.

Deine Identität wird neu erschaffen.

Ich sitze wie versteinert da und in mir macht sich die Verwunderung breit. Wie kann hier auf einmal etwas anderes stehen? Ich zweifle langsam an meiner Wahrnehmung, deswegen richte ich mich auf und fokussiere meinen Blick direkt auf die Worte, die ich gerade gelesen habe. Um es zu verstehen, lese ich es laut: „Deine Identität wird neu erschaffen." Meine Augen täuschen mich nicht. Irgendwie haben sich die Wörter gerade verändert. Aber wie? Diese Sache ist für mich unerklärlich. Sosehr ich auch versuche, es zu verstehen, ich finde einfach keine logische Erklärung dafür. Zum Glück bin ich gerade allein, sonst würde man mich sicherlich fragen, wieso ich wie ein Verrückter auf die Rückseite starre. Einige Minuten später lege ich das Buch wieder auf den Tisch und konzentriere mich auf den Satz. *Deine Identität wird neu erschaffen.* Aber wie ist so etwas möglich? Doch schon bald wird mir bewusst, dass ich das alleine nicht herausfinden werde. Die einzige Möglichkeit, die ich habe, ist daher, die ersten Seiten zu lesen. Doch etwas in mir stellt sich die Frage: Will ich das überhaupt? Tja, eine berechtigte Frage, denn ich hätte mir eine Pause verdient. Im nächsten Moment sehe ich im Augenwinkel, wie sich jemand zur Rezeption bewegt und meine Aufmerksamkeit richtet sich darauf. Alex steuert auf den Schreibtisch zu und setzt sich. Vielleicht hat er eine Buchung bekommen, wenn es so etwas hier überhaupt gibt. Wie komme ich eigentlich wieder zum Flughafen zurück? Ruft Alex ein Taxi oder etwas Ähnliches? Beim Gedanken an mein Zuhause merke ich, wie gerne ich doch jetzt bei Lena im Café sitzen würde, denn mit meiner neuen Energie, die ich gesammelt habe, wäre es für mich kein Problem sie um ein Date zu bitten. Das ist also meine erste Aufgabe, wenn ich nach Hause komme.

Auf jeden Fall muss ich mir Gedanken über meine Arbeit machen und wie es weitergehen soll. Eigentlich weiß ich genau, dass ich nicht mehr als Angestellter in einem Fitnessstudio arbeiten möchte. Nur was könnte ich sonst machen? Was mir spontan in den Sinn kommt, ist, dass ich all das, was mir Jens bis jetzt beigebracht hat, weitergeben könnte. Das wäre eine Möglichkeit, denn diese ganzen Erkenntnisse, die ich sammeln durfte, sind vielen Menschen nicht bewusst. Ganz ehrlich, was soll mich aufhalten? Etwa ein Gedanke in meinem Kopf? Nein, ganz sicher nicht, ich kann doch selbst bestimmen, woran ich denke. Ich muss mich nur trauen, den ersten Schritt zu machen. „Liebe den Weg und liebe den Prozess", flüstere ich leise, um es mir auch bewusst zu machen. Diese paar Worte haben eine große Macht, denn ich werde den Weg lieben, und wenn ich etwas liebe und gerne mache, kann es sich um noch so einen großen Berg handeln. Ich werde ihn bezwingen. Um den Satz nicht zu vergessen, will ich ihn als Notiz auf meinem Handy speichern, doch als ich in die Hosentasche greife, fällt mir auf, dass ich es mir noch nicht zurückgeholt habe. Ich stehe auf und blicke in Richtung Rezeption, doch Alex ist nicht mehr hier. Verdammt, anscheinend war ich so in meinen Gedanken versunken, dass mir nicht aufgefallen ist, dass Alex den Platz verlassen hat. Nichtsdestotrotz hätte ich gerne mein Handy wieder in meinen Händen. Ich kann hier zwar nicht viel damit anfangen, aber ich hätte es gerne, damit ich es später nicht vergesse, wenn ich nach Hause aufbreche. Ich blicke umher und schaue, ob ich die beiden irgendwo sehe. Doch leider nicht. Vielleicht liegt es bei der Rezeption am Holztisch. Fehlanzeige, hier liegt es nicht. Im Laufe des Tages sehe ich die beiden bestimmt und dann werde ich sie wegen des Handys fragen.

ACHTUNDZWANZIG

Ich schlendere den Gang entlang und steuere mit dem Buch, das mir Alex gegeben hat, auf die Bücherei zu. Dieses Zimmer hat einen ganz eigenen Charme. Zum Glück ist die Tür nun nicht mehr abgeschlossen. Durch die gemütliche Atmosphäre kann ich mir gut vorstellen, hier ein paar Stunden lesend zu verbringen.

Ich gehe auf den Couchsessel zu und lasse mich darauf fallen. Sofort merke ich, wie bequem sich dieser Sessel anfühlt. Ein leises „Wow" verlässt meine Lippen. Gleich darauf drehe ich das Buch auf die Rückseite, damit ich überprüfen kann, ob sich die Wörter verändert haben. Doch zu meiner Freude blieb alles gleich wie vorher. Langsam streiche ich mit der Handfläche über die Rückseite, um zu sehen, ob sich etwas verändert. Doch wie erwartet macht es keinen Unterschied, auch wenn ich es gegen das Licht halte, verändert sich absolut gar nichts. Nach kurzer Zeit stoppe ich meine kläglichen Versuche, irgendwelche Beweise für die Veränderung der Wörter zu finden. Langsam drehe ich es seufzend auf die Vorderseite. Auf dem Cover ist nicht viel zu sehen außer dem Titel, der mit Großbuchstaben geschrieben worden ist. Der Rest ist schwarz mit irgendwelchen chinesischen oder japanischen Zeichen. Schließlich schlage ich die erste Seite auf und lese voller Neugier die ersten Worte. Daraus geht hervor, dass dieses Buch mein Leben komplett auf den Kopf stellen soll. Aber wie sollte ein Buch so etwas schaffen? Bringt es mir Geld oder versteckt sich ein Scheck auf der letzten Seite? Vermutlich nicht. Dennoch hat die erste Seite mein Interesse geweckt, um weiterzulesen. Deswegen lasse ich keine Zeit vergehen und blättere sofort um. Doch zu meiner Verwunderung ist diese Seite gänzlich leer, es ist einfach nur ein wei-

ßes Blatt Papier. Mein Blick geht direkt auf die nächste Seite, wo ein kleiner Absatz auf der Mitte der Seite zu finden ist:

Sei der Schöpfer oder die Schöpferin deiner eigenen Realität. Erschaffe sie dir selbst mit jeder deiner Handlungen, egal wie klein sie scheinen. Deine Identität ist nicht fixiert, sie ist wandelbar.

Diese Worte ermutigen mich, auf die nächste Seite zu blättern. Bald darauf kommt mir etwas seltsam vor, denn die nächste Seite ist ebenfalls leer. Ich blättere rasant durch, doch auch auf den darauffolgenden Seiten sind keine Wörter zu finden. Was soll denn das? Wieso steht auf diesen Seiten nichts? Die Verwirrung ist mir buchstäblich ins Gesicht geschrieben. Langsam macht sich eine Leere in mir breit, genauso wie in diesem Buch. Was soll das schon wieder von Jens? Werde ich von ihm reingelegt? Irgendwie kommt mir die ganze Situation langsam lächerlich vor. Ich bin richtig wütend, schlage das Buch zu und lege es verzweifelt neben mir auf den kleinen Tisch. Jens hat mir dieses leere Buch geschenkt und Alex hat auch kein Wort darüber verloren, was es damit auf sich hat. Mir fällt keine andere Möglichkeit ein, außer Alex darüber auszuquetschen. Denn wieder einmal fühle ich mich, als würde nur ich im Dunkeln stehen und für alle anderen scheint es vollkommen klar. Und ich zerbreche mir wieder stundenlang den Kopf darüber, was das sein könnte oder was es mit den leeren Seiten auf sich hat. Dabei stelle ich fest, dass viele Geschichten, die mit Jens zu tun haben, in mir einen Druck auslösen. Genauso, wie andere Situationen andere Emotionen bei mir auslösen. Hm, merkwürdig. Ich habe gerade selber meine Gedanken und Emotionen beobachtet. In diesem Moment wird meine Wahrnehmung wieder klarer und mein Blick schweift nochmal auf das Buch. Ich sehe die Rückseite und plötzlich erstarre ich wieder. Das kann doch nicht sein! Ohne es überhaupt zu begreifen, haben meine Hände sich auch schon wieder das Buch geschnappt. Und tatsächlich haben sich die Buchstaben wieder verändert. Jetzt steht dort: *Du bestätigst oder veränderst deine Identität in jeder Sekunde, denn diese wirkt immer!* Langsam aber sicher macht mich das wütend, denn ich bin nicht verrückt. Ich verspüre den Wunsch, sofort zu Alex zu gehen und mich darüber aufklären zu lassen. Doch bevor ich losgehe, lese ich nochmal alle Sätze, die auf dem Buch stehen. Auf der Vorderseite lese ich: *Sei der Schöpfer deiner eigenen Identität.* Auf der Rückseite steht nun geschrieben, dass ich jede Sekunde meine eigene Identität bestätige oder verändere. Nachdem ich mir das nochmal ins Gedächtnis gerufen habe, flacht auch langsam meine aufgebaute Wut wieder ab. Das heißt also, ich könnte meine eigene Identität verändern. Ich könnte theoretisch morgen mit Sport anfangen und das für Jahre konsequent durchziehen. Dann wäre ich in meiner Identität ein Sportler. Oder ich könnte ein Unternehmen gründen, dann wäre ich in meiner Identität ein Unternehmer. Langsam beginne ich zu verstehen, dass ich ganz allein bestimmen kann, was ich sein will und was nicht. Ich habe darüber die Macht und nur mit einer Kleinigkeit kann ich alles verändern. Wenn ich anfange, mich weiterzuentwickeln, erschaffe ich meine neue Identität. Das heißt doch, wenn ich Lena als Partnerin haben will, muss ich einfach nur mein Bild von mir ändern und Gedanken, wie „Ich kann das nicht" oder „Ich bin nicht gut genug" aus meinem Gedächtnis streichen. So wie ich bin, bin ich gut genug und außerdem bringe ich sie ziemlich oft zum Lachen. Es ist so einfach! Warum habe ich noch nie an das gedacht? Auch wenn ich Unternehmer werden will, muss ich mich schließlich mit dem Unternehmertum beschäftigen, das heißt, wie ich Verträge mache, wo und wie ich Produkte anbieten kann und an welche Zielgruppe es gehen sollte. Ich muss mich einfach auf das Positive fokussieren, dann werde ich es auch zu etwas bringen. Unglaublich, dass ein leeres Buch es geschafft hat, mir etwas beizubringen.

Leise lache ich in mich hinein. Nach diesen ganzen Erkenntnissen weiß ich jetzt, was ich machen kann, um mein Leben zu verändern. Plötzlich spüre ich einen sehr starken Drang, wieder nach Hause zu fliegen, um meine Ziele so schnell es geht in die Tat umzusetzen. Jetzt bin ich mir sicher:

Mit meiner neuen Identität, die ich mir selbst erschaffen habe, kann mich nun nichts mehr aufhalten.

Neunundzwanzig

Komplett in Gedanken versunken bemerke ich erst nach einiger Zeit, dass Alex vor der Tür steht. Sein Blick ist auf mich gerichtet. Wie lange er wohl schon an der Wand lehnt? Sofort beginnen sich meine Mundwinkel zu heben. Ich habe noch einige Fragen und dass er jetzt hier ist, kommt mir sehr gelegen.

„Hallo Alex! Gut, dass du da bist, ich habe noch ein paar Fragen an dich. Hättest du kurz Zeit dafür?" Ich hoffe natürlich, dass Alex ein paar Minuten für mich aufbringen kann.

„Klar, John", antwortet er und gesellt sich zu mir. In diesem Moment bin ich leicht angespannt, weil ich nicht weiß, wie ich ihm erklären soll, dass das Buch sich ständig verändert. Bevor ich jedoch eine Frage stellen kann, sagt Alex: „John, würdest du sagen, dass sich dein Besuch hier für dich gelohnt hat?"

„Es hat mir bis jetzt so viel Klarheit gebracht. Der Besuch hier …", ich mache eine kleine Pause, „ich kann es kaum in Worte fassen. Dennoch habe ich noch einige Fragen, die ich mir selbst nicht beantworten kann."

„Schieß los", bekomme ich gleich darauf zu hören.

„Was ist das für ein Raum?"

„Wie du wahrscheinlich leicht erkennen kannst, ist das eine Bücherei. Natürlich muss ich anmerken, dass das hier keine normalen Bücher sind. Es handelt sich um alte Weisheiten und um die Lehren des Gesetzes der Anziehung. Davon müsstest du bereits gehört haben, oder?" Ich nicke schnell. „Ja, das ist mir bekannt."

„Davon bin ich auch ausgegangen, dass Jens dir bereits darüber erzählt hat. Er liebt einfach die Lehren aus dem Gesetz der Anziehung und eines kann ich dir auf jeden Fall versichern, Jens weiß, wovon er redet. Dennoch bin ich mir nicht sicher, warum er dich einfach so verlassen hat. Das kann ich dir leider nicht beantworten, tut mir leid." Es herrscht kurz Stille im Raum.

„Gefallen dir die Bilder?", fragt Alex mich.

Mein Blick wandert sofort zu den großen Bildern, die ich gestern schon einmal genauer betrachtet habe. Doch leider kann ich damit nicht viel anfangen.

„Hast du schon von KAIZEN gehört?"

„Ja, ich habe es gestern aus dem Rahmen des Bildes abgelesen. Es bedeutet *Streben nach ständiger Verbesserung*', nicht wahr?", antworte ich.

„Genau. KAIZEN ist nicht nur ein Wort, es ist eine Lebenseinstellung, sich immer weiter verbessern zu wollen beziehungsweise sich ständig weiterzuentwickeln. Dieses Wort kommt ursprünglich aus Japan. Dort haben die Japaner schon vor hunderten von Jahren nach dem KAIZEN-Prinzip gelebt. Nur deswegen konnte ihr Land so groß und erfolgreich werden, nachdem es durch Kriege immer wieder zerstört wurde. Jeder von uns kann KAIZEN anwenden und sollte es auch unbedingt. Es gibt immer die Möglichkeit, sich in irgendeinem Bereich zu verbessern. Hast du bis jetzt im KAIZEN-Prinzip gelebt?"

„Nein, das habe ich ganz sicher nicht, denn bis gestern habe ich dieses Wort noch nie gehört. Aber seine Bedeutung ist sehr lehrreich. Ich kann und werde mich auf jeden Fall in einigen Punkten verbessern."

DREISSIG

Hat das andere Bild auch eine Bedeutung?", frage ich. „Was glaubst du?" Ich versuche, etwas Bedeutendes zu sehen, doch irgendwie erkenne ich nur einen grauen Wolf, inmitten von Wäldern.

„Ich sehe nur einen Wolf, der jemandem nachjagt." Alex nickt mit dem Kopf.

„Erkennst du noch etwas darauf, John?"

„Nein, nicht wirklich." Alex macht eine kurze Pause und sagt dann: „Was wäre, wenn du auch auf dem Bild wärst?"

„Dann würde mich der Wolf jagen, nehme ich an."

„Genau. Wenn dich ein Wolf jagen würde, würdest du dann schnell oder langsam laufen?"

„Ich würde alles geben und um mein Leben laufen. Das ist doch selbstverständlich", antworte ich.

„Stell dir einmal vor, du würdest diesen Wolf auf dein Leben beziehen. Nehmen wir mal an, du willst deine Ziele erreichen. Was wäre, wenn ein Wolf dir die ganze Zeit hinterherjagt und dir so immer wieder einen gewissen Antrieb verleiht, sodass du nicht schlapp machen kannst, weil er dich sonst schnappen könnte. Der Unterschied zum realen Leben ist, dass dich nie ein richtiger Wolf jagen wird, aber wenn wir uns selbst einen Wolf in unserem Leben erstellen und dieser immer hinter uns her ist, glaubst du, dass wir dann schneller an unsere Ziele kommen?"

„Ja, ich denke schon."

„Sehr gut, John. Jetzt stell dir einmal ein schreckliches Leben vor, ein Leben, welches du niemals haben möchtest!" Ich lehne mich in meinem Sessel zurück, mein Blick wandert nach oben an die Decke und ich versuche nachzudenken. „Also das Schlimmste, was ich mir vorstellen kann, ist, dass ich für immer alleine bleibe und niemals eine Partnerin finde und kein

Geld habe, sodass ich auf der Straße lande. Ich habe dann sozusagen keinen Lebenssinn mehr und versuche nicht einmal, einen Job zu finden. Meine Freunde wollen dann auch nichts mehr mit mir zu tun haben und auch meine Familie kann mich nicht mehr leiden. Irgendwann habe ich schlussendlich keine Freude mehr am Leben." Das wäre wirklich schrecklich.

„Jetzt stell dir bitte einmal vor, dass all das, was du jetzt gesagt hast, passieren kann. All das könnte zur Realität werden. Mit jeder auch noch so kleinen Entscheidung, die du triffst, kannst du einen Schritt weiter in dieses Leben machen."

„So habe ich das noch nie betrachtet", sage ich. „Natürlich nicht, John, warum solltest du auch. Es geht einfach darum, dass du dein Leben niemals vernachlässigen solltest, denn genau in diesen Momenten holt unser innerer Wolf auf. Der innere Wolf ist das schlimmste Leben, das wir uns vorstellen können. Viele Menschen werden sich darüber nie bewusst und leben ihr Leben, dabei vergessen sie aber oft, dass ihr innerer Wolf nicht schläft. Klar, wenn man einmal eine falsche Entscheidung trifft, wird sicherlich nichts passieren. Doch wenn du jeden Tag, jahrelang etwas tust, das dir nicht guttut, dann sind das alles kleine Entscheidungen, die dich immer näher in Richtung des Wolfes katapultieren."

„Also soll ich die ganze Zeit von etwas weglaufen?", frage ich.

„Im Grunde nicht. Es soll dir nur als Antrieb dienen und dir in Erinnerung rufen, dass unser Wolf niemals schläft. Am besten schreibst du dir deinen Wolf gleich auf."

Aufschreiben, worauf? Ich habe nichts zu schreiben. Plötzlich sehe ich auf dem Tisch einen Zettel mit einem Kugelschreiber. Ich bin verwundert, denn ich könnte schwören, dass vor einigen Augenblicken bestimmt kein Schreibzeug auf dem Tisch lag.

„Wie ist das ...", fange ich an zu sprechen, doch Alex unterbricht mich. „Manche Dinge passieren aus einem Grund."

Ohne genauer nachzufragen, nehme ich das Blatt Papier und schreibe darauf die Gedanken meines inneren Wolfes.

Mein Blatt wird immer voller und voller, bis ich kaum noch Platz habe. Ich blicke auf Alex und lege währenddessen meine Schreibutensilien beiseite.

„Bewahre dir diesen Zettel gut auf und rufe es dir immer wieder ins Gedächtnis, wenn du langsamer wirst oder in letzter Zeit schlechtere Entscheidungen getroffen hast." „Hast du auch deinen Wolf aufgeschrieben, Alex?"

„Aber natürlich habe ich das. Ich habe den Zettel an einen Ort gehängt, wo ich ihn jeden Tag sehen kann. Dadurch wird mir jeden Tag bewusst, dass ich weiter an meinen Zielen arbeiten soll."

„Klingt sehr spannend. Ich glaube, ich werde das auch machen. Ich habe noch eine Frage: Hast du all diese Bücher gelesen?" Irgendwie kann ich mir das nicht vorstellen. Dennoch hat Alex schon einige Jahre hinter sich und es könnte natürlich sein, dass er sich sehr fürs Lesen begeistert. „Als ich noch jünger war, habe ich sehr gerne gelesen. Viele dieser Bücher sind schon sehr alt, teilweise sogar älter als ich, denn ich habe ein paar davon von meinem Vater bekommen. Es ist vielleicht kaum zu glauben, doch alle Bücher, die du hier siehst, habe ich gelesen. Früher habe ich so viel gelesen, dass Lilo sich sogar öfter darüber beschwert hatte, weil ich nachts immer im Bett las und sie deswegen nicht schlafen konnte."

Ein Grinsen macht sich in meinem Gesicht breit und Alex beginnt leicht zu lachen. Bei all diesen Gesprächen habe ich komplett vergessen zu fragen, was es mit dem Buch auf sich hat.

„Da wäre noch eine Sache, die ich nicht verstehe. Was ist das für ein Buch, das du mir gegeben hast? Die Sätze, die darauf stehen, verändern sich ständig. Wie ist das möglich?" Alex schaut mich einfach nur an und verliert darüber kein Wort.

„Kannst du mir das nicht erklären?", hake ich nach.

„Wir sind hier an einem ganz besonderen Ort und ich weiß nicht, warum Jens dir dieses Buch gegeben hat. Aber eines ist sicher: Es wird eine Bedeutung haben. Du wirst es früher oder später noch verstehen. Du hast recht, es ändern sich die

Sätze je nachdem, was du gerade denkst. Dieses kleine Buch ist nur eine Unterstützung für dich, während du dich an deine neue Identität anpasst." Ziemlich aufschlussreich war das nicht gerade, aber es ist ein Anfang. Einige Minuten sitzen wir einfach nur da und lassen uns von den Gedanken treiben. Danach steht Alex auf und meint, er müsse wieder zur Rezeption. Als er bei der Tür ankommt, dreht er sich nochmals um und wendet sich mir zu. „John, mach dir nochmals Gedanken über KAIZEN und deinen inneren Wolf. Bedenke, dass du selbst deine eigene Identität erschaffen kannst. Bist du bereit, anzufangen?" Mit diesen Worten verschwindet Alex durch die Tür. Ich verstehe endlich die Bilder, die an der Wand hängen. Dieser Raum hat nun eine ganz neue Bedeutung für mich. Einfach unglaublich, dass Alex so viel darüber weiß. Ich dachte mir, dass er nur der Besitzer dieser Villa am Ende der Welt ist. Beeindruckend. Ich bleibe noch einige Augenblicke in dem bequemen Stuhl sitzen, um meine Gedanken zu sortieren. Den Zettel mit meinem inneren Wolf schnappe ich mir und stecke ihn in meine Hosentasche.

EINUNDDREISSIG

Nach diesem ereignisreichen Abend begebe ich mich zur Rezeption. Wie erwartet sitzt Alex bereits dort. Als er mich sieht, richtet er seine Aufmerksamkeit direkt auf mich. Nachdem ich mir die richtigen Worte überlegt habe, beginne ich ihn zu fragen, ob heute Abend noch ein Flug geht und ob es möglich wäre, ein Taxi zu bestellen, da ich mich entschlossen habe, schon heute aufzubrechen. Alles, was ich hier gelernt habe, will ich sofort in die Tat umsetzen. Ich schaue Alex schüchtern an und merke, wie er langsam zu grinsen beginnt. Einige Sekunden vergehen, ohne dass Alex sich bewegt, doch dann ruft er nach Lilo, dass sie kurz zu uns kommen solle. In der Ferne kann ich Lilos Schritte schon hören, bis sie schließlich bei uns ankommt. „Was gibt's denn?" Mir ist diese ganze Situation langsam unangenehm. Deshalb erkläre ich auch Lilo, dass ich heute schon abreisen möchte. Im nächsten Moment blickt Lilo zu Alex und beide beginnen erneut zu grinsen. Endlich fängt Alex zu sprechen an: „Damit habe ich schon gerechnet. Bei unserem vorherigen Gespräch habe ich gemerkt, dass es nicht mehr lange dauern wird, bis du nach Hause aufbrechen möchtest. Du hast in kürzester Zeit so viel verstanden und dazu gelernt. Dein Taxi wartet bereits vor dem Eingangstor auf dich, auch dein Flug nach Hause ist schon gebucht. Du musst nur noch in das Taxi steigen und schon kannst du zurück in dein altes Leben und dieses neu erschaffen."

Ich bin überrascht, dass Alex bereits wusste, dass ich nach Hause möchte, obwohl ich es vor einer Stunde noch nicht mal selbst wusste. Ich muss zugeben, dass ich in diesem Moment richtig erleichtert bin. Gleich darauf sehe ich, wie Alex eine Schublade öffnet und ein Flugticket sowie mein Handy herausholt. Überglücklich bedanke ich mich bei den beiden und nehme meine Unterlagen. Im nächsten Moment reicht mir Alex ganz unerwartet einen Brief. „Öffne diesen Brief erst, wenn du alles erreicht hast, was du willst. Es ist ein Abschiedsgeschenk von Jens." Ich nicke und verspreche es den beiden. In diesem Moment wird mir bewusst, dass ich die beiden ins Herz geschlossen habe, sie aber vermutlich nie wiedersehen werde. „Wir wünschen dir nur das Beste, John." Als ich bei der Eingangstür angelangt bin, blicke ich nochmal zurück und sehe, wie mir beide entgegenlächeln.

ZWEIUNDDREISSIG

Ich lasse die Tür ins Schloss fallen und stehe nun genau da, wo gestern meine Reise begonnen hat. Ich kann fühlen, dass ich viel selbstsicherer geworden bin. In diesen zwei Tagen hat sich alles bei mir verändert. Ich habe eine gänzlich andere Sicht auf die Welt erblicken dürfen.

Langsam mache ich mich auf den Weg zum Gartentor und nehme wahr, dass es zu regnen beginnt. Immer mehr Tropfen fallen auf mich herab, doch zum ersten Mal fange ich nicht an zu laufen, sondern bleibe stehen. Ich nehme jeden einzelnen Tropfen auf meiner Haut wahr und atme tief durch. Ich bleibe noch ein paar Sekunden stehen und genieße den puren Duft eines regnerischen Tages.

Kurz darauf sehe ich in der Ferne ein Auto stehen, das allem Anschein nach mein Taxi sein müsste. Ich gehe durch das große Gartentor hindurch und sehe, dass der Chauffeur aussteigt und die Hintertür des Wagens für mich öffnet. Ich beeile mich nun, damit er nicht im Regen stehen muss. Schließlich findet er es sicher nicht berauschend, durchnässt im Auto zu sitzen. Ich begrüße den Fahrer und bedanke mich für die nette Geste. Meinen Rucksack schmeiße ich auf den Sitz neben mich. Ich höre, wie der Motor langsam startet, und blicke nochmal zurück zur Villa. Traurigkeit macht sich in mir breit, doch ich schiebe sie von mir weg, denn auch zu Hause wartet ein neues Abenteuer auf mich. Nun ist es Zeit, nach vorne zu blicken. Die Villa wird immer kleiner und kleiner, bis sie schließlich gänzlich hinter den Bergen verschwindet.

Der Regen wird immer weniger, je näher wir der Stadt kommen. Edinburgh ist bei Nacht wunderschön, überall Lichter, die die Stadt erstrahlen lassen. Einige Minuten später erblicke ich auch schon den Flughafen. Der Taxifahrer setzt mich gleich bei der Eingangstür ab, sodass ich nicht weit zu Fuß gehen muss. Schnell schaue ich auf die Uhr, um mich zu vergewissern, dass ich nicht zu spät zu meinem Flug komme. 20:45 Uhr. Ich muss mich beeilen, da mein Flug bereits um 21:30 Uhr startet. Rasant steige ich aus und bedanke mich beim Chauffeur, der gleich darauf wegfährt. Irgendwie stehe ich nun ganz unbeholfen in der Eingangstür und versuche, mich zurechtzufinden. Ich nehme mir eine Karte und suche die Fluglinie, die mich nach Hause bringt. Nach mühseligen Minuten habe ich es schließlich geschafft und sitze glücklich, aber müde im Flieger.

DREIUNDDREISSIG

Ich glaube, ich habe in den letzten Tagen mehr erlebt als in meinem 3-wöchigen Urlaub. Aber ich denke, das ist auch nicht schwer zu toppen, da ich in meinem letzten Urlaub nicht wirklich viel gemacht habe, außer fernzusehen. Jetzt bemerke ich, wie erschöpft ich vom heutigen Tag bin. Endlich kann ich für ein paar Stunden rasten. Das Buch von Jens habe ich zu meinem Platz mitgenommen und lege es vor mir ab. Verrückt, dass es ein Buch wie dieses gibt. Das werde ich auf jeden Fall als Andenken behalten. Mir kommt wieder der Brief in Erinnerung, den mir Alex zum Abschied gegeben hat. Ich wäre wirklich neugierig, was da wohl drinnen steht, aber ich darf ihn erst öffnen, wenn ich alles erreicht habe, was ich mir vorgenommen habe. Drei große Kapitel liegen noch vor mir, bis ich den Brief öffnen kann. Lena zu einem Date einzuladen wäre wohl das allererste Kapitel. Wenn ich nur daran denke, werde ich schon nervös. Das zweite, größte Kapitel wird die Gründung eines Unternehmens werden und das dritte, ich schätze, das wird das Reisen werden. Irgendetwas sagt mir, dass ich diesen Brief noch eine längere Zeit nicht öffnen werde. Ich lehne mich in meinem Sitz zurück und schließe die Augen. Da mein Flug noch 3 Stunden dauert, habe ich Zeit, um kurz zu entspannen.

Ich höre etwas Lautes und schrecke hoch. Ängstlich schaue ich mich um. Es dauert eine kurze Zeit, bis ich realisiere, dass ich eingeschlafen bin und dass sich das Flugzeug bereits im Landeanflug befindet. Nach dieser Feststellung lehne ich mich wieder zurück. Mein Herz klopft immer noch wie wild. Um mich wieder etwas zu beruhigen, blicke ich aus dem Fenster und sehe meine von den Lichtern beleuchtete Heimatstadt. Es dauert nicht lange, bis wir schließlich am Flughafen landen. Ich kämpfe mich durch die Menschenmengen hindurch, bis ich beim Ausgang des Flughafens angekommen bin. Zum Glück finde ich schnell den Taxifahrer, der ein Schild mit meinem Namen hochhält. Beim genaueren Betrachten kommt mir diese Person bekannt vor. Ach ja, es ist derselbe Chauffeur, der mich auch hierher gebracht hat. Manche Dinge ändern sich wohl nie, denn als ich ihn das letzte Mal gesehen habe, hatte er genau denselben leblosen Gesichtsausdruck. Natürlich begebe ich mich direkt zu meinem Fahrer, da ich so schnell wie möglich nach Hause möchte.

Auf dem Weg zu meiner Wohnung frage ich mich, wann ich Jens wohl wieder sehen werde. Ich habe leider keine Nummer von ihm oder irgendetwas anderes, um ihn zu kontaktieren. Ich bin aber der festen Überzeugung, dass wir uns bestimmt bald über den Weg laufen werden. Bei der Fahrt zu meiner Wohnung schlafe ich immer wieder leicht ein. Das dauert so lange an, bis mich schließlich der Fahrer aufweckt und zu mir sagt: „Wir sind da. Deine Sachen findest du im Kofferraum." Ich murmle ein schnelles „Danke" und steige aus dem Auto. Sobald ich den Kofferraum zugemacht habe, fährt der Taxifahrer auch schon weiter. Der hat's aber eilig. Komplett müde und erschöpft gehe ich zu meiner Wohnungstür. Als ich meine Wohnung betrete, lege ich meinen Koffer im Wohnzimmer ab. Der wird ein anderes Mal ausgeräumt. Ich schlurfe ins Schlafzimmer, lege mich mit all meinen Klamotten ins Bett und falle sofort in einen tiefen Schlaf.

VIERUNDDREISSIG

Im Laufe des Vormittags wecken mich die hellen Sonnenstrahlen, die durch das Fenster in mein Zimmer fallen. Ich blinzle ein paar Mal, um wach zu werden. Heute fühle ich mich richtig gut. Mit dieser positiven Ausstrahlung setze ich mich an die Bettkante und greife nach meinem Handy, um zu überprüfen, ob mir jemand geschrieben hat. Beim Aktivieren des Bildschirms zeigt es 10:00 Uhr an. Das war mal ein erholsamer Schlaf. Auf meinem Handy ist nichts Auffälliges zu sehen, deswegen lege ich es wieder zur Seite. Heute ist ein guter Tag, um mit Lena zu reden. Und genau das nehme ich mir vor. Nach diesem Leitgedanken mache ich mich für den heutigen Tag fertig. Während ich die Zähne putze, fällt mir ein, dass ich eigentlich krankgeschrieben bin und ich langsam aber sicher meinen Chef informieren sollte. Ich denke, bis ich mich gesammelt habe, werde ich noch zuhause bleiben. Das sind höchstens ein paar Tage. Und heute denke ich bestimmt nicht an meinen Chef, heute habe ich nur Lena im Auge. Ich style meine Haare etwas anders als sonst und versuche, eine Kleidung zu finden, die als elegant durchgeht. Mit einer schönen schwarzen Hose und einem grauen, kurzärmligen Hemd kann man nicht viel falsch machen. Ich schaue mich im Spiegel an und fühle mich zum ersten Mal selbstbewusst. Ich lächle mein Spiegelbild an und mache mich voller Energie auf nach unten zu meinem Auto. Ich öffne schwungvoll die Autotür und fahre los zum Café. Während der ganzen Fahrt kommt kein einziger Zweifel in mir hoch, dass ich sie doch nicht fragen werde, denn wenn sie „Nein" sagt, ist das ihre Entscheidung und gehört akzeptiert. Dann sollte es wohl nicht sein.

FÜNFUNDDREISSIG

Ich parke direkt vor der Terrasse des Cafés. Heute ist ein sonniger Tag und das perfekte Wetter, um draußen zu sitzen. Viele andere Leute mussten das wohl auch gedacht haben, da die ganze Terrasse bis auf zwei Tische voller Gäste ist. Kurz bleibe ich im Auto sitzen, um nach Lena Ausschau zu halten. Nach einigen Sekunden sehe ich sie aus dem Café kommen. Ein leises „Zum Glück ist sie heute da" verlässt meine Lippen. Während ich mich zur Terrasse bewege, blicke ich zu Lena und hoffe, dass sie mich wahrnimmt. Und tatsächlich schaut sie in meine Richtung. Als sie mich sieht, fängt sie zu lächeln an und winkt mir zu. Sofort hebe ich meine Hand, um die Geste zu erwidern. Mein Herz schlägt bis zum Hals, da ich nun doch nervös bin. Auf der Terrasse angekommen suche ich nach den zwei freien Plätzen, die ich vorhin erblicken konnte, und setze mich schließlich zum Tisch ganz hinten in der Ecke und fange an zu überlegen, wie ich sie eigentlich fragen soll. Ich habe viele Ideen in meinem Kopf, aber schlussendlich entscheide ich mich, sie zu fragen, ob sie am Nachmittag Zeit hat, um mit mir essen zu gehen. Irgendwie fällt es mir sehr leicht, alle schlechten Gedanken abzuschütteln und sie nicht an mich ranzulassen. Schlechte Gedanken bringen mir nichts. Egal wie schlimm ich es mir ausmale, es spielt sich immer alles in meinen Kopf ab und genau das ist der Punkt, es sind elektrische Impulse, die nichts mit der realen Welt zu tun haben. Früher hätte ich bestimmt nie an so etwas gedacht, doch jetzt kontrolliere ich meine Gedanken und nicht sie mich. Erwartungsvoll sitze ich nun da und warte, bis Lena zu mir kommt. Da sie mich bereits gesehen hat, wird es nicht lange dauern. Keine zwei Minuten vergehen und schon kommt sie auf mich zu. Heute hat sie eine enge, schwarze Jeans an, die perfekt zu ihrer violetten Bluse passt, welche sie vorne zu einem Knoten zusammengebunden hat. Dabei hat sie ihre Haare zu einem Pferdeschwanz zusammengebunden, der bei jedem ihrer Schritte hin und her baumelt. Ich richte mich in meinem Stuhl auf und lächle ihr entgegen. Sie sieht so wunderschön aus. Lena hat auch ein Grinsen im Gesicht, als sie vor meinem Tisch stehen bleibt.

„Hey John, schön dich wiederzusehen. Alles gut bei dir?" Auf ihre Frage antworte ich: „Danke, mir geht's prima. In den letzten Tagen habe ich eine Reise unternommen, die mir wirklich sehr gut getan hat." Ich mache eine kleine Pause, nehme meinen ganzen Mut zusammen und frage sie das, was ich schon längst hätte fragen sollen. „Wir zwei kennen uns ja schon ziemlich lange und du bist wirklich eine wundervolle Frau. Deswegen würde ich dich heute Nachmittag gerne zum Essen einladen." Dieser Moment ist unglaublich, als ich diese Worte spreche. Sie kommen nämlich klar und selbstsicher aus mir heraus. Lenas Augen weiten sich und sie sieht überrascht aus. Gleich darauf wird ihr Lächeln immer stärker. „Na endlich fragst du mich das. Natürlich will ich mit dir essen gehen. Ich arbeite heute bis 14:00 Uhr, danach habe ich frei. Wie wär's wenn du mich nach meiner Schicht hier abholst?" Als diese Worte ihre Lippen verlassen, errötet sie leicht.

„Okay, klingt gut", antworte ich darauf.

Sie will sich gerade umdrehen, als sie bemerkt: „Ach ja John, bei all der Aufregung habe ich ganz vergessen, dich zu fragen, was du gerne bestellen willst."

„Ich nehme einfach nur einen Cappuccino." Lena nickt und macht sich auf den Weg. Ihr Gang ist plötzlich voller Freude und Energie. Liegt das wohl an mir? Ich lehne mich zurück und genieße die warmen Sonnenstrahlen, die auf meinen Rücken scheinen.

Mittlerweile ist mehr als eine Stunde vergangen, seit ich mit Lena das letzte Mal geredet habe. Nachdem ich den Cappuccino getrunken habe, bin ich schnell nach Hause gefahren, um mich nochmal umzuziehen und ein nettes Lokal zu finden, wo wir gut essen gehen können. Ich sitze seit einer gefühlten Ewigkeit auf der Couch und warte, bis es endlich so weit ist. Um 13:00 Uhr mache ich mich auf den Weg, um nicht zu spät zu kommen. Ich parke möglichst nahe am Café, damit Lena mich nicht lange suchen muss. Als sie aus dem Lokal kommt, rutscht mir ein „Wow!" heraus. Sie hat einen dunkelroten Jumpsuit an, der kurz über ihren Knien endet. Die Haare trägt sie nun offen, was ihr wunderschönes Gesicht richtig strahlen lässt. Ich kann es nicht glauben, schon wieder hat sie es geschafft, mich zu faszinieren.

SECHSUNDDREISSIG

Dieser Nachmittag zählt nun zu meinen absoluten Lieblingserinnerungen. Wir hatten ein wunderbares Date in einem Lokal, wo das Essen traumhaft lecker schmeckte. Das Dessert haben wir uns geteilt, da wir nach dem Hauptgang schon ziemlich satt waren. In diesen paar Stunden war ich vollkommen ICH selbst, was Lena sehr attraktiv fand, wie sie mir später erzählte. Wir sind bis in den Abend hinein unterwegs gewesen, bis wir schließlich im Park gelandet sind, wo wir noch ewig miteinander gequatscht haben. Einige Male habe ich sie auch zum Lachen gebracht, was mein Herz jedes Mal aufs Neue erwärmen lässt. Mit ihr fühlt es sich einfach so verdammt richtig an. Ich wusste, dass es der richtige Zeitpunkt war, als ich sie zum ersten Mal an mich zog und sie küsste. Es war definitiv der beste Kuss, den ich je hatte. Ich spüre diese tiefe Verbindung und diese Freude jedesmal, wenn ich sie ansehe. Im Laufe dieses Abends habe ich ihr in Kurzfassung erzählt, wo ich in den letzten zwei Tagen unterwegs war. Ich habe ihr noch nicht alle Einzelheiten berichtet, aber sie weiß jetzt, dass mich diese Reise definitiv verändert hat. Das Date lief so gut, dass sie mich zu ihr nach Hause einlud. Da wir uns so viel zu erzählen hatten, redeten und lachten wir die ganze Nacht durch, bis wir schließlich am frühen Morgen nebeneinander einschliefen.

SIEBENUNDDREISSIG

Als ich mich schläfrig auf die andere Seite drehe, fällt mir gleich auf, dass ich nicht alleine bin und es sich nicht um mein Zimmer handelt. Zum Glück ist heute Montag, da hat Lena nämlich immer frei. Einige Zeit später sitzen wir beide am Tisch und frühstücken gemeinsam. Nach einer kurzen Zeit der Stille fragt mich Lena: „Wer ist eigentlich genau dieser Jens, von dem du mir gestern erzählt hast?"

„Das ist eine gute Frage, das weiß ich selber nicht genau. Allerdings kann ich dir sagen, wer Jens für mich war." Erwartungsvoll schaut mich Lena an.

„Das klingt vielleicht blöd, aber Jens war für mich wie ein Leuchtturm, da er mir all die Dinge gezeigt hat, die ich schon ewig vor meinen Augen hatte, aber niemals in die Tat umgesetzt habe. Ich bewundere ihn auf eine ganz eigene Weise. Klar, er hat mich ohne ein Wort zu sagen alleine zurückgelassen, aber dennoch habe ich in diesem Moment auch sehr viel gelernt. Egal ob es sich um das kleine Buch handelt, das er mir gegeben hat, oder die Tatsache, dass er mich viel gelehrt hat. Ich kann definitiv sagen, dass Jens mein Leben zum Besseren verändert hat." Lena schaut mich erstaunt an. „Und was habt ihr genau unternommen in Schottland?"

„Eigentlich haben wir nur eine Wanderung gemacht und die Nacht in einer Berghütte verbracht. Zuvor durfte ich Alex und Lilo kennenlernen, die zusammen in einer etwas älteren, aber immer noch faszinierenden Villa leben. Die beiden sind wirklich ein nettes altes Paar, die diese Villa mit Herz und Seele pflegen und anscheinend nur solche Leute wie mich dort empfangen." *Leute wie mich,* ha, spätestens jetzt müsste sie denken, dass ich komplett eigenartig bin. Doch sie lächelt mich nur an und fordert mich auf weiterzusprechen.

„Jens besucht die zwei anscheinend sehr oft, eigentlich immer, wenn er Zeit hat. Er hat mir erklärt, dass er sich mit diesem Ort verbunden fühlt, denn sein Mentor hat ihn dorthin mitgenommen. Sein Name war Patrick, dieser ist aber leider an einer schweren Krankheit gestorben. Mir ist es so vorgekommen, als würde Jens das immer noch traurig machen. Ich schätze, die zwei hatten eine sehr gute Freundschaft. Am nächsten Tag war Jens dann einfach verschwunden. Im ersten Moment war ich sicherlich verwirrt, doch nun glaube ich, dass er mich nicht ohne Grund einfach so verlassen hat. Vielmehr sehe ich das als eine kleine Lehre, mich selbst zu finden." Ich erzähle ihr noch von dem geheimnisvollen Buch, und wie ich schließlich beschloss, nach Hause zu fliegen. Lena hat mich in dieser Zeit kein einziges Mal unterbrochen – noch eine Eigenschaft, die ich an ihr schätze. Kurz ist es ganz still im Raum, aber irgendwie verständlich für mich. Würde mir jemand solch eine Geschichte erzählen, wäre ich auch einmal sprachlos. Nach ein paar Sekunden antwortet Lena: „Wow John, das klingt wirklich nach einem außergewöhnlichen Abenteuer. Ich bin froh, dass du das gemacht hast, sonst würden wir jetzt wohl nicht hier sitzen."

Wir verbringen den ganzen Tag noch gemeinsam. Als ich gegen Abend alleine in meiner Wohnung ankomme, wird mir langsam bewusst, dass ich meinen Chef kontaktieren und ihm sagen muss, dass ich wieder *gesund* bin. Diesen Gedanken habe ich den ganzen Tag erfolgreich verdrängen können, bis jetzt. Was soll ich bloß machen? Ich will auf keinen Fall mehr meiner Arbeit nachgehen, denn in dieser verschwende ich nur meine Zeit. Wie kann ich mir etwas aufbauen, wo ich anderen Menschen helfen kann, so wie Jens es tut? Ich möchte auch für andere Menschen eine Art *Leuchtturm* sein, wenn es in ihrem Leben nicht so läuft, wie sie es gerne hätten. Dieser Gedanke lässt mich den ganzen Abend nicht mehr los.

ACHTUNDDREISSIG

Vier Jahre später

In der Zwischenzeit ist viel passiert und es gab in meinem Leben neue Herausforderungen und Errungenschaften. Doch in dieser gesamten Zeit habe ich Jens nicht ein einziges Mal getroffen, geschweige denn von ihm gehört. Ich hätte ihm so viel zu erzählen, zum Beispiel, dass ich es geschafft habe, erfolgreich ein Unternehmen aufzubauen und davon leben zu können. Heute kann ich stolz sagen, dass ich nun die Person bin, die anderen Menschen in schwierigen Lagen hilft. In den letzten drei Monaten habe ich meinen Traum erfüllt und bin auf Reisen gegangen, um neue Kulturen kennenzulernen. Und das Beste daran war, dass ich nicht alleine war. Zu meiner Freude begleitete Lena mich. Bei unserer Weltreise waren wir in Irland und sind am Fuße von großen Bergen entlang gewandert. In Afrika haben wir auf einer Safari wilde Tiere in ihrem natürlichen Lebensraum beobachtet und heimische Bräuche kennengelernt. Als nächstes sind wir in das sonnige Zypern aufgebrochen und haben in einem Apartment direkt vor dem Meer einige Wochen verbracht. Zu guter Letzt machten wir noch einen Abstecher Richtung Hawaii, da diese Inselgruppe Lenas liebstes Reiseziel ist. Dort mieteten wir einen Bungalow, der auf Stelzen direkt ins Meer gebaut ist. Es war eine herrliche Zeit, die ich nicht so schnell vergessen werde. Auf jeden Fall haben wir uns darauf geeinigt, dass wir nun jedes Jahr eine kleine Reise in ein uns fremdes Land unternehmen wollen. Die restliche Zeit arbeiten wir und leben gemeinsam in unserem kleinen Haus, das wir vor einem Jahr gekauft haben. Da wir beide keine Stadtmenschen sind, hat es uns prima ins Konzept gepasst, dass das Haus etwas außerhalb der Stadt liegt. Vor ein paar Tagen sind wir von unserem langen Ausflug zurückgekommen. Es ist ein ungewöhnliches Gefühl, wieder zu Hause anzukommen, nach so langer Zeit. Dennoch erfüllt es mich mit Freude, da es *unser* Zuhause ist. All das wäre nicht möglich gewesen, wenn ich nicht diesen fremden und selbstbewussten Mann getroffen hätte, der mich mehr lehrte, als ich mir je erträumen konnte.

NEUNUNDDREISSIG

Eines Morgens wache ich auf und spüre einen starken Drang, ins Café zu gehen, wo Lena früher gearbeitet hat. Mittlerweile hat sie als Kellnerin gekündigt und geht nun ebenfalls ihrer Leidenschaft nach. Sie hat sich vor eineinhalb Jahren endlich getraut, sich als Fotografin selbständig zu machen und zu unserer Freude läuft auch ihr Business echt gut. Ich bin richtig stolz auf sie, da sie ein Talent dafür hat, besondere Momente für andere festzuhalten. Diese Erinnerungen bringen mich zum Lächeln. Ich werde aus meinen Gedanken gerissen, als ich wieder dieses seltsame Gefühl verspüre, ins Café gehen zu müssen. Ich kann mir einfach nicht erklären, woher dieser Drang kommt. Soll ich meiner Intuition, meinem Bauchgefühl vertrauen? Ich ringe noch einige Stunden mit mir, bis ich mir schließlich eingestehe, dass dieses Gefühl nicht besser wird. Mittlerweile ist es Nachmittag und Lena ist nicht zuhause, da sie heute auf einer Hochzeit fotografiert. Also beschließe ich, mich auf den Weg zum Café zu machen, und steige in mein Auto. Der Weg dorthin verläuft ganz entspannt, der Verkehr ist heute nicht sehr stark. Seltsam, normalerweise ist um diese Uhrzeit immer ein sehr dichter Straßenverkehr. Als ich um die Kurve fahre, sehe ich bereits das Lokal. Auf dem Parkplatz springt mir sofort eine Sache ins Auge. Es ist ein schwarzer Tesla, was ja normalerweise nichts allzu Ungewöhnliches ist. Aber beim genaueren Betrachten sehe ich auf der Rückseite des Autos die Buchstaben *VGZ* stehen. Ich blinzle zweimal, da ich nicht glauben kann, was ich hier sehe. „Das kann doch nicht wahr sein!", rufe ich aus. Nach all den Jahren? Als ich aussteige, geht mein Blick sofort zur Terrasse, um zu sehen, ob sich meine Vermutung bewahrheitet. Und tatsächlich sehe ich ihn genau an dem Tisch, wo wir uns zum ersten Mal getroffen haben.

VIERZIG

Jens sitzt ganz entspannt mit einer Tasse Kaffee am Tisch, während er eine Zeitung liest. Ich kann nicht länger meine Freude verbergen und gehe mit schnellen Schritten auf ihn zu. Als er mich bemerkt, winkt er mir entgegen. Auf diesen Moment habe ich so lange gewartet, wer hätte es erahnen können, dass wir uns genau hier wiedersehen.

„Was für eine Überraschung, dass wir uns genau hier treffen", fängt Jens unsere Unterhaltung an.

„Was du nicht sagst, Jens. Ich hatte mit diesem Zufall auf keinen Fall gerechnet." Jens beginnt schelmisch zu grinsen und sagt nur darauf: „Glaubst du, dass es wirklich ein Zufall ist?"

„Na ja, heute Morgen verspürte ich einen starken Drang, hierher zu kommen. Woher das kam, kann ich mir nicht erklären."

„Ich denke, wir wurden heute einfach beide von diesem Ort hier angezogen. Ich schätze, *jetzt* ist der richtige Zeitpunkt, dass wir uns wiedersehen." Nach seiner Antwort nehme ich gegenüber ihm Platz.

„Aber wieso habe ich so lange nichts von dir gehört? Seit unserem Ausflug sind mehr als 4 Jahre vergangen."

„Du brauchtest mich nicht mehr, du warst bereit, deinen eigenen Weg zu gehen, und das hast du auch gemacht, wie ich sehe." In irgendeiner Weise hat Jens recht. Ich bin seit unserem letzten Treffen nur mehr meinen eigenen Weg gegangen und habe nicht mehr für andere gearbeitet, sondern für mich und meine Zukunft.

Eine Frage lässt mich nicht los: „Mich würde es nur interessieren, wo du auf einmal so plötzlich hinmusstest, als wir gemeinsam auf der Hütte waren?"

„Eigentlich ist die Antwort ganz einfach. Wie bereits gesagt, du warst schon so weit deinen Weg zu gehen. Selbst wenn du es noch nicht gesehen hast, habe ich es bereits gewusst. Für mich war es die logischste Entscheidung, dich deinen Weg alleine weitergehen zu lassen, ich war nur der, der dir einen Tritt in die richtige Richtung geben musste." Irgendwie kann ich nachvollziehen, was er damit meint. Ich hatte schon alles in mir, was ich brauchte, nur zu diesem Zeitpunkt habe ich es noch nicht erkannt.

„Jetzt haben wir aber genug über die Vergangenheit gesprochen. Erzähl mir mehr über dein jetziges Leben, John, ich bin schon gespannt."

„Ich habe dir definitiv einige Erlebnisse zu erzählen." Ich erzähle die ganze Geschichte und bin dabei richtig stolz auf mich, dass ich es so weit geschafft habe. Als ich schließlich fertig bin, füge ich noch hinzu: „Ich bin so dankbar, dass ich dich kennenlernen durfte. Plötzlich ist alles so einfach geworden, man muss sich nur auf die richtigen Dinge fokussieren. Zudem muss man geduldig sein und viele Dinge auf sich zukommen lassen. Das mag für viele sehr herausfordernd sein, doch mit der richtigen Sichtweise ist das viel einfacher. Wie du gesagt hast:

Das Einzige, was uns tatsächlich aufhält, ist nur ein Gedanke in unserem Kopf.

Zusätzlich richten viele Menschen ihren Fokus mehr auf energieraubende Dinge als auf jene, die sie glücklich machen.

Wenn man versteht, dass man seine Identität so erschaffen kann, wie man will, kann einen nichts mehr aufhalten. Wir sind nicht daran gebunden, was in der Vergangenheit passiert ist, und wir müssen uns nicht unnötig viele Gedanken über die Zukunft machen. Der einzige Moment, wo wir etwas verändern können, ist im Hier und Jetzt. Nimm deine Umgebung bewusst wahr, achte auf deinen Fokus und merke dir, dass du selbst deine Identität erschaffen kannst."

Nachdem ich fertig bin, fragt mich Jens: „Hast du den Brief schon geöffnet?" Ich muss kurz nachdenken, was er damit überhaupt meint, aber schon gleich darauf fällt mir ein, dass es sich wohl um den Brief handelt, den mir Alex zum

Abschluss mitgegeben hat. „Stimmt – der Brief. Ich habe ihn noch nicht geöffnet."

„Findest du nicht auch, dass jetzt der perfekte Zeitpunkt dafür wäre?"

Ich überlege kurz. „Ja du hast recht. Was steht denn in dem Brief?"

Jens sagt zu mir: „Das musst du selber herausfinden, John." Ist doch irgendwie auch klar, dass ich solch eine Antwort bekomme, Jens war schon immer der geheimnisvolle Typ.

„Was hast du die letzten 4 Jahre gemacht und was hat dich dazu veranlagt, dass du wieder hier in die Stadt gekommen bist?", erkundige ich mich.

„Ich war in letzter Zeit öfter bei Alex und Lilo, da ich mir über einige Dinge klar werden und darüber nachdenken musste. Ich bin dort viel gewandert. Mittlerweile kennst du ja schon meinen Lieblingsort." Er blinzelt mir zu.

„Können sich die beiden noch an mich erinnern?", hake ich nach.

„Und wie! Sie sagen, sie werden dich niemals vergessen, da du alles so unglaublich schnell aufgenommen und dazugelernt hast. Als sie dich das erste Mal gesehen haben, sind sie nämlich davon ausgegangen, dass du sicher eine längere Zeit dort verbringen wirst. Wie stark man sich täuschen kann, nicht wahr?"

Mehr als ein leises „Ja, sieht so aus." bringe ich nicht über meine Lippen. Für einen kurzen Moment gehen wir beide unseren Gedanken nach.

„Ich bin überrascht, dass du mir heute noch keine Weisheit mitgegeben hast", lache ich.

Jens lässt das aber kalt und sagt nur: „Wenn du gerne eine hättest, könnte ich mir bestimmt etwas einfallen lassen." Die Stimmung ist richtig heiter und fröhlich. Jens beginnt zu lachen und blickt kurz zur Seite. Kaum ist sein Blick wieder auf mich gerichtet, fragt er: „Hast du eigentlich schon mal über die Wörter *Blockade* und *Glaubenssatz* nachgedacht?"

„Nein, nicht wirklich."

„Was verstehst du unter diesen Begriffen?", hakt Jens weiter nach. Selbstsicher lehne ich mich nach vorne auf den Tisch, um Jens meine Antworten zu präsentieren. „Ich schätze, eine Blockade ist eine innere Mauer, die einem gewisse Möglichkeiten versperrt. Unter Glaubenssatz verstehe ich einen Satz, den ich immer wieder wiederhole, bis ich ihn selbst glaube." Jens starrt mich nur an.

„Was ist los, Jens?", frage ich etwas unbeholfen.

„Das ist ein interessanter Ansatz, aber ich möchte hier gerne noch etwas ergänzen. Am Ende kannst du entscheiden, welche Erklärung dir besser gefällt." Ich nicke ihm entgegen. „Also, unter Blockade kann man Gedanken über anderen Gedanken verstehen. Das heißt, du hast eine gute Idee, etwas umzusetzen und im nächsten Moment denkst du selbst über deine vorherigen Gedanken nach. In vielen Fällen halten dich diese dann ab, gewisse Dinge umzusetzen. Kommen wir zu den Glaubenssätzen, in meinen Augen sind Glaubenssätze nur Gedanken, die so oft wiederholt werden, bis wir sie glauben und wir sie real werden lassen. Wenn du deinen Fokus also unbewusst auf eine spezielle Sache legst, ziehst du das unbewusst an."

„Ich muss sagen, deine Erklärung gefällt mir richtig gut. Es wirkt auf mich so, dass mit deiner Erklärung diese Wörter an Macht verlieren. Im Prinzip handelt es sich bei allem nur um Gedanken." Ich mache eine kurze Pause. „Auf genauso eine Weisheit von dir habe ich gewartet." Dann lachen wir beide einfach los.

Wir sitzen noch den ganzen Nachmittag im Café und reden über den Sinn des Lebens und erzählen uns viele Geschichten und Erlebnisse. Irgendwie fühlt es sich an, als hätte ich einen alten Freund wiedergetroffen.

Irgendwann ist dann der Zeitpunkt gekommen, wo Jens zu mir sagt: „Es war ein richtig interessanter und lustiger Nachmittag mit dir. Es hat mich echt gefreut, dich wiederzusehen.

Leider muss ich mich langsam wieder auf den Weg machen, ich habe noch eine kleine Reise vor mir." „Kann ich verstehen. Eine Frage habe ich noch: Wann sehen wir uns wieder? Ich habe noch immer keine Handynummer von dir." Aber so leicht will Jens es mir wohl nicht machen. „John, wenn das Schicksal uns wieder zusammenbringen will, dann passiert es." Er steht auf, reicht mir die Hand und sagt: „Auf bald, John, wann auch immer das sein wird." Ich strecke ihm ebenfalls meine Hand zum Abschied entgegen, obwohl ich mich mit ihm gerne öfter treffen möchte. Wenn die Zeit reif ist, treffen wir uns bestimmt wieder. Ich beobachte Jens, wie er die Terrasse verlässt und mit einem selbstsicheren Gang zu seinem Auto stolziert. Er steigt ein, wirft noch einen Blick zu mir und fährt weg. Ich sitze immer noch da und versuche, das Ganze zu verarbeiten. Ich werde aus meinen Gedanken gerissen, als eine Kellnerin zu mir kommt und fragt, ob ich noch etwas bestellen wolle. „Einen Cappuccino, bitte." Da ich noch keine Nachricht von Lena bekommen habe, gehe ich davon aus, dass sie noch nicht zu Hause ist. Deshalb bleibe ich noch sitzen, bis die Sonne fast gänzlich hinter dem Horizont verschwunden ist.

EINUNDVIERZIG

Während der Fahrt nach Hause fühle ich mich irgendwie zerrissen. Ein Teil ist irgendwie traurig darüber, dass Jens wieder weg ist, und der andere Teil ist bereit, alles zu geben, um so großartig zu werden wie Jens. Ich bin definitiv schon ein Vorbild für andere, aber Jens spielt noch eine Liga über mir. Während des Gesprächs mit ihm ist mir nämlich aufgefallen, dass er fast durchgehend an verschiedenen Orten ist. Das finde ich wirklich beeindruckend.

Zuhause angekommen, sehe ich, dass Lena noch nicht da ist. Ein Blick auf die Uhr verrät mir, dass es 20:30 Uhr ist. Was könnte ich heute noch machen, um mein Leben nur um ein Prozent besser zu machen? Nach kurzer Überlegung kommt mir in den Sinn, dass ich den Brief noch nicht geöffnet habe. Wo habe ich diesen Umschlag bloß hingelegt? Hoffentlich ist er beim Siedeln nicht abhandengekommen. Ich gehe alle möglichen Orte durch, wo der Brief stecken könnte. Am wahrscheinlichsten ist der Keller, denn dort steht auch der Rucksack, den ich in Schottland bekommen habe. Ich muss einige Dinge aus dem Weg räumen, bis ich beim Schrank ankomme. Der Rucksack liegt schön verstaut ganz hinten im Schrank. Ich öffne den Reißverschluss, um nachzuschauen, was sich drinnen verbirgt. Im großen Fach herrscht nur gähnende Leere. Als ich das kleine Fach ganz vorne öffne, erblicke ich das Taschenbuch, das mir Alex gegeben hat. Als letztes schaue ich noch in die beiden Seitenfächer. Zum Glück! Der Brief ist ein wenig zerknittert, als ich ihn rausnehme. Voller Neugier mache ich mich wieder auf den Weg nach oben und setze mich ins Wohnzimmer auf den Couchsessel. Diesen Sessel habe ich mir gleich nach der Schottland-Reise gekauft. Das Beste daran ist, dass er zum einen dem Sessel in der Villa sehr ähnlich sieht und zum anderen genauso bequem ist. Zur Erinnerung an die Villa hängt hinter dem Sofa an der Wand ein Bild von dem Anwesen. Das hat mir Lena gemalt, nachdem ich es ihr aus meiner Erinnerung beschrieben habe. Ich muss sagen, sie hat es wirklich gut getroffen. Ich lenke meine Aufmerksamkeit wieder auf den Brief. Langsam öffne ich ihn, um das Papier nicht zu sehr zu zerreißen. Ich lege das Kuvert zur Seite und entfalte den Zettel. Der ganze Inhalt wurde handschriftlich verfasst. Ich beginne Wort für Wort zu lesen.

Hallo John, wie ich sehe, hast du alle deine Ziele erreicht, die du dir gesetzt hast, sonst würdest du jetzt nicht hier sitzen und diese Worte lesen. Mit diesen paar Sätzen will ich dir nur mitteilen, dass ...

Ich verschlinge förmlich den Text. Mittendrin kann ich nicht glauben, was ich hier lese.

Mein kompletter Fokus liegt auf diesen Wörtern. Doch gerade in diesem Moment kommt Lena hereinspaziert. Ich bin wohl so in dem Brief versunken, dass ich sie zuerst gar nicht bemerke.

Sie schaut mich an und fragt: „Alles okay bei dir? Du schaust so überrascht aus?"

Der Brief birgt eine Enthüllung, die alles verändert. Wie ich es ihr erklären werde, bleibt mir ein Rätsel.

DANKSAGUNG

Wenn du diese Worte liest, hast du bereits eine Reise hinter dir. Genauer gesagt, eine Reise zur Villa am Ende der Welt und vielleicht hat dich diese Reise zum Nachdenken gebracht.

Ich danke Anja Lena Haidinger, denn ohne sie wäre dieses Buch niemals veröffentlicht worden. Sie hat mir bei der korrekten Wortwahl und bei der Verständlichkeit geholfen.

Zudem hat sie nochmals meinen tiefsten Dank verdient, denn sie hat alle Bilder, die in diesem Buch vorkommen, gezeichnet und diese genau so umgesetzt, wie ich mir die Orte vorstelle. Auch das Coverbild wurde von ihr mit Acrylfarben gemalt.

Ich möchte mich aber auch bei dir bedanken, liebe/r Leser/in, dass du dir Zeit genommen hast, dieses Buch durchzulesen. Außerdem hoffe ich, dass ich dich an manchen Stellen zum Nachdenken gebracht habe. Genau das wollte ich mit diesem Buch bewirken.

Zum Schluss habe ich noch eine Frage an dich: Was wäre, wenn alles, was in diesem Buch steht, wahr wäre? Wie würdest du damit umgehen?

Matthias

Der Autor

Der steirische Autor Matthias König
kam 2002 in Hartberg zur Welt.
Nach einer abgeschlossenen Lehre
zum Rauchfangkehrer fand er jedoch
schon bald eine andere berufliche
Ausrichtung und ließ sich zum
Dipl. Professional Health Fitness- &
Personaltrainer ausbilden. Hier folgte
auch eine weitere Qualifizierung als
Calisthenics-Trainer.
Seine Freizeit verbringt Matthias König gerne
wandernd oder bei anderen sportlichen Aktivitäten
in der schönen heimatlichen Umgebung von
Pöllau. Daneben beschäftigt er sich sehr intensiv
mit Persönlichkeitsentwicklung und liest gerne.
In seinem Erstlingswerk hat der junge Autor viel
von seinen persönlichen Interessen einfließen
lassen.

Der Verlag

*Wer aufhört
besser zu werden,
hat aufgehört
gut zu sein!*

Basierend auf diesem Motto ist es dem novum Verlag
ein Anliegen, neue Manuskripte aufzuspüren, zu ver-
öffentlichen und deren Autoren langfristig zu fördern.
Mittlerweile gilt der 1997 gegründete und mehrfach
prämierte Verlag als Spezialist für Neuautoren in
Deutschland, Österreich und der Schweiz.

**Für jedes neue Manuskript wird innerhalb we-
niger Wochen eine kostenfreie, unverbindliche
Lektorats-Prüfung erstellt.**

Weitere Informationen zum Verlag und
seinen Büchern finden Sie im Internet unter:

w w w . n o v u m v e r l a g . c o m